D0596418

L'ARBRE DES POSSIBLES

Dès l'âge de 16 ans, Bernard Werber écrit des nouvelles, des scénarios, des pièces de théâtre. Après des études de criminologie et de journalisme, il devient journaliste scientifique. À 30 ans, il rencontre un énorme succès avec son premier roman, *Les Fourmis*. Bernard Werber propose un nouveau genre littéraire qu'il nomme « philosophie fiction », mélange de science-fiction, de philosophie et de spiritualité. À travers différents regards exotiques, extérieurs, celui des animaux, mais aussi des arbres, des divinités antiques ou de potentiels extraterrestres, il tente de comprendre la place de l'homme dans l'univers.

Paru dans *Le Livre de Poche* :

BERNARD WERBER

L'Arbre des possibles

et autres histoires

ALBIN MICHEL

© Éditions Albin Michel S.A., 2002.
ISBN : 978-2-253-11146-7 – 1re publication LGF

Pour Tiziana.

Avant-propos

Quand j'étais petit mon père me racontait toujours une histoire avant de me coucher.

Et j'en rêvais la nuit.

Par la suite chaque fois que le monde me semblait trop compliqué j'inventais un conte où je
mettais en scène les éléments de mon problème.
Ce qui m'apportait un apaisement immédiat.

À l'école, les autres enfants me demandaient
d'imaginer des histoires pour eux. Elles commençaient souvent par : « Il ouvrit la porte et fut frappé
de stupeur. »

Avec le temps ces récits sont devenus de plus
en plus fantastiques. Puis cela devint un jeu dont
la seule règle consistait à poser une problématique
et à trouver une manière inattendue de la résoudre.

Après mon premier roman j'ai eu envie d'entretenir ma capacité d'inventer rapidement une histoire en consacrant une heure le soir à la rédaction
d'une nouvelle. Cela me détendait de ma matinée
consacrée à l'écriture de « gros romans ».

L'inspiration de ces nouvelles vient, en général,
d'une observation lors d'une promenade, d'une

conversation avec un ou une amie, d'un rêve, d'une contrariété que je veux exorciser à travers une histoire.

« Le mystère des chiffres » m'a été inspirée par une discussion avec mon petit neveu : selon lui, il existe une hiérarchie dans sa classe entre ceux qui savent compter jusqu'à dix et ceux qui peuvent compter au-delà.

L'idée de « Noir » m'est venue en observant un vieil homme contraint par un passant trop attentionné de traverser la rue malgré lui.

« La dernière révolte » a été rédigée après la visite d'un hospice pour personnes âgées.

Les univers clos et cachés (prisons, hôpitaux psychiatriques ou abattoirs) m'ont souvent servi de décor, révélateurs de l'état de nos sociétés modernes.

« L'ami silencieux » a été écrit après une discussion avec le professeur Gérard Amzallag, biologiste à la pointe des recherches mondiales sur le vivant. La découverte scientifique évoquée dans cette nouvelle est peu connue mais bien réelle.

Certains éléments de « Apprenons à les aimer » sont la matière d'un projet de pièce de théâtre intitulée pour l'instant : « Nos amis les humains ». Utiliser le regard d'êtres différents pour parler de nous, les humains, m'a toujours semblé intéressant. C'est une source inépuisable de réflexion (dans tous les sens du terme). J'ai déjà utilisé cette technique du « regard exotique sur l'humanité » dans *Les Fourmis* lors de la scène où mon héroïne,

103e, essayait d'interpréter les comportements humains en regardant les actualités télévisées, et aussi dans *L'Empire des anges*, quand Michael Pinson observe les mortels depuis le paradis et est désolé de constater qu'ils ne font qu'essayer de « réduire leur malheur au lieu de construire leur bonheur ».

Les fourmis, les anges, deux points de vue complémentaires sur l'homme observé depuis l'infiniment « bas » ou l'infiniment « haut ». Ici donc ce serait plutôt l'infiniment « différent ».

« L'Arbre des possibles » est une invention à laquelle je songe depuis que je me suis fait battre aux échecs par mon ordinateur. Si ce tas de ferraille est capable de prévoir tous les coups à venir de la partie, pourquoi ne pas essayer de le nourrir de la totalité de notre savoir humain, ainsi que de toutes les hypothèses de futurs, pour qu'il nous propose des évolutions logiques dans le court, le moyen et le long terme.

« L'école des jeunes dieux » présente une esquisse de mon prochain roman qui constituera la suite de *L'Empire des anges*. Il pose la problématique de l'éducation et de la vie au quotidien du ou des dieux qui nous dirigent.

Ces nouvelles sont aussi une manière de vous présenter la genèse de mes romans.

Chacune de ces histoires présente une hypothèse poussée jusqu'à son extrême : si on envoyait une fusée vers le Soleil, si une météorite tombait sur le jardin du Luxembourg, si un homme arrivait à avoir une peau transparente...

J'aimerais être à vos côtés pour vous les raconter au creux de l'oreille.

B.W.

Apprenons à les aimer

Enfants, nous avons tous eu des humains d'appartement que nous faisions jouer dans des cages, qui tournaient sans fin dans des roues, ou bien que nous gardions dans un aquarium au milieu d'un joli décor artificiel.

Pourtant, en dehors de ces humains de compagnie, il en existe qui ne sont pas apprivoisés. Rien à voir avec ceux des égouts ou ceux des greniers qui prolifèrent et nous obligent à utiliser l'humanicide.

Depuis quelque temps on sait en effet qu'il existe une planète où vivent des humains à l'état sauvage, et qui ne se doutent même pas de notre présence. On situe ce lieu étrange près du raccourci 33. Là, ils vivent ensemble en totale liberté. Ils ont créé de grands nids, savent utiliser des outils, disposent même d'un système de communication à base de piaillements qui leur est spécifique. Beaucoup de légendes circulent à propos de cette planète mythique où règnent les humains sauvages. On prétend qu'ils possèdent des bombes capables de tout faire exploser ou qu'ils utilisent comme monnaie des bouts de papier. Certains racontent qu'ils se mangent entre eux ou qu'ils fabriquent des villes sous la mer. Pour faire la part des choses entre la réalité et la légende, notre gouvernement envoie depuis 12 008 (au titre du fameux programme intitulé : « Ne les tuons pas sans les comprendre ») des explorateurs invisibles à leurs yeux et qui ont pu les étudier. Dans cet article, nous dresserons donc le bilan de ces recherches mal connues.

En voici le plan :

– Les êtres humains sauvages dans leur milieu.
– Leurs mœurs, leur mode de reproduction.
– Comment les élever en appartement.

LES ÊTRES HUMAINS
SAUVAGES DANS LEUR MILIEU

1. Où les trouve-t-on ?

Les êtres humains existent un peu partout dans nos galaxies, mais le seul endroit où ils ont pu connaître un développement autonome est la Terre. Où se trouve cette planète ? Il n'est pas rare, lorsqu'on part en vacances, d'essayer d'éviter les grands encombrements cosmiques des périodes de congés. On emprunte alors le raccourci 33, en réalité plus long mais beaucoup plus fluide. Aux alentours de la route 707, en ralentissant un peu, on distingue une galaxie jaunâtre, peu brillante. Garons notre véhicule spatial et approchons-nous.

À gauche de cette galaxie, on remarquera un système solaire assez vieux et défraîchi dans lequel la Terre est la seule planète où l'on trouve encore des traces de vie.

On comprend dès lors que les humains aient pu se développer hors de portée de tout observateur civilisé. En une région aussi reculée de l'espace, personne ne songe en effet à venir les déranger. On raconte que ce système solaire a d'ailleurs été découvert par hasard, par un touriste tombé en panne dans ce coin perdu et qui cherchait de l'aide.

La Terre est recouverte de vapeurs blanches et sa surface plutôt bleutée. Ce phénomène est dû à une très grande abondance d'oxygène, d'hydrogène et de carbone. Une curiosité locale qui a entraîné la pousse de végétaux et le nappage d'océans.

2. Comment les reconnaître ?

Prenons une loupe et examinons l'un de ces spécimens sauvages : poils drus sur le sommet du crâne, peau rose, blanche ou brune, pattes aux nombreux doigts, les humains tiennent en équilibre sur leurs pattes arrière, les fesses légèrement en retrait. Deux petits trous leur permettent de respirer (de l'oxygène essentiellement), deux autres à percevoir les sons, deux autres encore à percevoir les modulations de lumière. (Expérience de Kreg :

si on entoure d'un bandeau les yeux d'un humain, il trébuchera.) Les humains ne disposent d'aucun système radar leur permettant d'évoluer dans le noir, ce qui explique que leur activité nocturne soit bien plus faible que leur activité diurne. (Expérience de Brons : plongeons un être humain dans une boîte et refermons le couvercle. Au bout d'un moment, l'humain poussera des piaillements désespérés. Les humains ont peur du noir.)

3. Comment trouver des humains sur la Terre ?

Il existe plusieurs moyens de les débusquer. Tout d'abord suivre les lumières la nuit, les fumées le jour. On peut aussi repérer leurs pistes, ces grandes lignes noires qu'on voit apparaître dès l'atterrissage de notre vaisseau spatial.

Parfois, dans les forêts, on peut trouver des humains campeurs ou des humains paysans ou des humains scouts.

Il existe plusieurs sous-espèces d'humains sur Terre : les aquatiques, aux pieds palmés et noirs ; les volants, qui ont une grande aile triangulaire sur le dos ; les fumants, qui produisent en permanence de la vapeur par la bouche.

4. Comment les aborder ?

Il ne faut surtout pas les effrayer. N'oublions pas que les humains sauvages de la planète Terre NE SAVENT MÊME PAS QUE NOUS EXISTONS ! La plupart sont même persuadés qu'au-delà de leur système solaire il n'y a... rien ! Ils se croient seuls dans l'univers. Plusieurs de nos touristes ont essayé de leur apparaître pour communiquer avec eux. Chaque fois, l'effet a été radical : ils sont... morts de peur.

Ne nous en offusquons pas.

Pour des animaux aussi isolés, les critères esthétiques sont différents de ceux qui circulent en général dans l'univers. ILS SE TROUVENT BEAUX ET NOUS JUGENT DONC HIDEUX !

Ce qui est d'autant plus paradoxal que nous avons tous vu nos humains de cirque se grimer et tenter d'imiter nos gestes...

Quelques-uns des nôtres ont essayé d'apparaître déguisés. Ils ont certes évité l'effet mort subite mais ont provoqué toutes sortes de quiproquos. Il vaut donc mieux éviter de les aborder directement.

N. B. : Attention néanmoins, en se baladant en forêt, on peut aussi se faire pincer dans ce qu'ils nomment des pièges à ours.

LEURS MŒURS, LEUR MODE DE REPRODUCTION

1. La parade nuptiale.

Lorsque vient la période des amours, les humains se livrent à leur parade nuptiale. Contrairement au paon, que nous connaissons tous, ce n'est pas le mâle, mais la femelle qui affiche des couleurs fluorescentes et déploie ses atours. Comme les humaines ne sont pas dotées de plumes, ni de crête, ni de jabot gonflant, elles enfilent des morceaux de tissu bariolés qui attirent l'attention des mâles.

Chose curieuse, les femelles couvrent strictement certaines zones de leur corps et en dévoilent abondamment d'autres. Pour augmenter leur pouvoir attractif, elles enduisent leur bouche de graisse de baleine et garnissent de poudre de charbon leurs paupières. Enfin elles s'aspergent de parfums subtilisés aux glandes sexuelles d'autres animaux terriens, comme le bouquetin des montagnes dont elles extraient le musc. Elles volent même les glandes sexuelles des fleurs pour obtenir des odeurs de patchouli, de lavande ou de rose.

En période de chaleurs, le mâle, pour sa part, émet plein de bruits avec sa bouche, sortes de roucoulements qu'il peut accompagner en tapant sur des peaux tendues – phénomène qu'ils appellent : « musique ». Ce comportement assez proche de celui du grillon champêtre ne porte pas toujours ses fruits. Alors, selon le groupe auquel il appartient, le mâle peut se livrer à sa parade en recouvrant de graisse de porc ses cheveux (gomina), ou bien en gonflant son porte-monnaie comme un jabot. Cette dernière forme de parade s'avère la plus efficace.

2. La rencontre.

Les humains mâles et femelles se rencontrent dans des endroits spécialement conçus à cet effet : les « boîtes de nuit », lieux sombres et bruyants. Sombres pour que le mâle ne puisse pas distinguer clairement le physique de la femelle (il ne sent que son odeur de patchouli, de musc ou de rose). Bruyants pour que la femelle ne puisse pas distinguer clairement les propos du mâle. Avec la main, elle tâte simplement son jabot-porte-monnaie plus ou moins gonflé.

3. La reproduction.

Comment se passe la reproduction des humains sauvages ? Des observations in vitro ont permis d'en résoudre le mystère. Le mâle s'emboîte dans la femelle grâce à un petit appendice dont la taille correspond exactement à celle du réceptacle chez la femelle. Lorsque l'emboîtement est bien arrimé, ils remuent jusqu'à ce que la semence du mâle soit libérée.

4. La gestation.

Les humains sont vivipares. Ils ne pondent pas d'œufs. Les femelles conservent leurs petits dans leur ventre durant neuf mois.

5. Le nid.

Construit en béton armé, ils le recouvrent de mousses et de fibres tressées pour que les parois soient moins blessantes. Ils accumulent à l'intérieur toutes sortes d'objets cubiques qui produisent du bruit ou de la lumière. Dans leurs nids, les humains s'agitent en entrant puis se stabilisent dans des fauteuils, et là, ils se mettent à gazouiller.

Le premier acte du mâle humain rentrant chez lui est d'uriner, probablement pour déposer ses phéromones, celui de la femelle est de manger du chocolat.

6. Les rituels humains.

Sur Terre les humains ont des rituels exotiques. Dès les périodes estivales, ils migrent vers les zones chaudes. Cette migration s'effectue très lentement. Ils s'enferment dans des réceptacles métalliques et restent de longues heures à avancer au pas. (Expérience de Wurms : si on laisse un mâle humain dans une voiture un certain temps, il en ressort le visage couvert de poils.) Autre rituel : tous les soirs, ils allument une boîte qui émet une lumière bleue et passent plusieurs heures à la fixer dans une immobilité totale. Ce comportement curieux est actuellement étudié par nos chercheurs. Il semblerait que, comme les papillons, les humains soient fascinés par cette lumière.

Enfin, le rituel le plus étrange est peut-être celui qui les pousse à s'enfermer tous les jours à plus de mille dans une rame de métro sans oxygène et sans aucune possibilité de se mouvoir.

7. La guerre.

Les humains aiment se tuer entre eux. (Expérience de Glark : mettez soixante humains dans un pot et cessez de les alimenter, ils finissent par s'entretuer avec une férocité déconcertante.) De loin on peut repérer leurs champs de bataille aux détonations et aux crépitements caractéristiques de leurs armes de métal.

8. La communication.

Les humains communiquent essentiellement en faisant vibrer leurs cordes vocales. Ils modulent ainsi des sons en bougeant la langue.

COMMENT LES ÉLEVER EN APPARTEMENT

1. La cueillette.

Il sera utile de recueillir des spécimens pour les étudier tranquillement à la maison, mais si on les installe dans un pot, ne pas oublier d'aménager des trous dans sa partie supérieure, sinon les petits humains dépériront. N'oublions jamais qu'ils ont besoin d'oxygène.

2. Comment peut-on entretenir un élevage d'humains ?

Si on veut que nos humains prolifèrent, il faudra veiller à toujours choisir des couples : un mâle et une femelle. Pour être sûr de disposer d'une femelle, bien prendre garde à ce qu'elle arbore des vêtements bariolés et une longue crinière. Attention : il existe des femelles sans crinière et des mâles avec. Pour en avoir le cœur net, il suffit de plonger l'un de nos tentacules dans le pot. Si le piaillement est aigu, il s'agit d'une femelle.

3. Comment les nourrir ?

En général les humains apprécient les fruits, feuilles et racines ainsi que les cadavres de certains animaux. Mais ils sont difficiles. Ils ne mangent pas tous les fruits, feuilles, racines, ni tous les cadavres. Le plus simple est donc de les nourrir avec des pistaches. Un distributeur de pistaches en vente chez n'importe quel humainier fera l'affaire. On peut aussi leur donner quelques miettes de glapnawouet mouillées dont ils se régaleront. Attention, si on oublie de nourrir un groupe d'humains plus de quinze jours, ils finissent par s'entredévorer (voir expérience de Glark).

4. L'humainière.
Le nid artificiel d'humains se nomme humainière. On peut en trouver chez un marchand (l'humainier) ou bien le fabriquer soi-même. Mais surtout, on ne le répétera jamais assez, il est indispensable d'aménager des petits trous dans la partie supérieure pour qu'ils puissent respirer. Ne pas oublier de surveiller la température et l'humidité. À quelle température les humains prolifèrent-ils le mieux ? À 72 degrés Yokatz, on peut se divertir en les regardant se débarrasser de leurs oripeaux. Ils semblent à l'aise, heureux, et se livrent alors à de nombreuses reproductions.

Attention, si le nombre d'humains devient trop important dans le nid, il faut soit agrandir l'espace, soit séparer les mâles des femelles.

Enfin, il vaut mieux tenir l'humainière hors de portée des autres animaux apprivoisés de la maison. Les Chkronx notamment ont tendance à manger les humains sitôt qu'ils réussissent à percer le couvercle de l'humainière.

5. Peut-on consommer des humains ?

Il paraît que certains enfants mangent leurs petits humains. A priori le docteur Kreg, que nous avons interrogé sur la question, pense qu'ils ne sont pas toxiques. Cependant les humains sauvages de la Terre étant très carnivores (ils se délectent de cadavres d'animaux cuits, crus et même faisandés), il importe de se méfier d'une possible contamination par des virus indigènes.

6. Peut-on leur apprendre des tours ?

Oui, bien sûr. Mais cela exige de la patience. Certains enfants très doués parviennent à leur faire rapporter des morceaux de bois ou même exécuter des sauts périlleux. Il suffit de leur accorder une récompense à chaque tour réussi « Les humains sont d'ailleurs parfois si adroits qu'ils nous ressemblent », penseront peut-être certains d'entre vous. Il ne faut quand même pas exagérer...

7. Que faire de l'humainière si on s'en lasse ?

Comme avec d'autres jouets, il arrive que l'enfant qui a réclamé une humainière s'en lasse en grandissant. (Quand un enfant dit : « Offre-moi des humains ; je te promets, maman, que je m'en occuperai », il faut savoir que cela signifie que l'enfant ne s'en occupera que quatre jours.) Le réflexe le plus simple consiste alors à se débarrasser de ses humains en les jetant dans le lavabo, la poubelle ou les égouts. Dans les trois cas, s'ils n'ont pas péri avant, nos humains apprivoisés capturés sur Terre se retrouvent en contact avec nos humains des égouts. Or les humains de la Terre n'ont aucune défense, ils sont trop « doux » et se font éliminer par les humains des égouts qui courent bien plus vite qu'eux et les pourchassent jusqu'à ce que mort s'ensuive. Il n'est donc pas très correct, vis-à-vis de nos petits compagnons de jeu, de les abandonner ainsi.

En conséquence, nous ne saurions trop conseiller aux enfants qui ne savent plus quoi faire de leur humainière (a fortiori si elle est composée d'humains sauvages de la Terre) de les offrir à des enfants plus pauvres, qui eux prendront sans doute beaucoup de plaisir à en continuer l'élevage.

Le règne des apparences

Alors qu'il patientait tranquillement sur la chaise inconfortable d'une salle d'attente de médecin, Gabriel Nemrod eut soudain l'impression que, face à lui, le tableau bougeait sur la paroi. Puis le mur tout entier vibra, se distordit jusqu'à finalement disparaître. Autour de lui, nul n'en parut affecté. Pourtant, à la place de la cloison, apparaissait désormais en caractères épais le mot : MUR avec, entre parenthèses : (ÉPAISSEUR. CINQUANTE CENTIMÈTRES. IMPRESSION PLÂTRE VERS L'INTÉRIEUR ET BÉTON PEINT VERS L'EXTÉRIEUR. EXISTE POUR PROTÉGER DES INTEMPÉRIES).

Les lettres flottaient dans l'air.

Gabriel resta quelques secondes à fixer cette bizarre apparition et aperçut par transparence ce qu'avait masqué le mur : la rue et ses passants. Il s'avança, passa une main au travers. Quand il recula, il y eut de nouveau comme du flou et le mur reprit sa place. Un mur normal, tout à fait normal.

Il haussa les épaules et se dit qu'il avait été victime d'une hallucination. Après tout, s'il était venu consulter, c'est qu'il était las des migraines qui l'assaillaient sans cesse. Il se secoua et se décida à sortir pour marcher un peu dans la rue.

Étrange quand même, cet objet remplacé par les lettres de son nom...

Gabriel Nemrod enseignait la philosophie dans un lycée et il se souvint avoir donné un cours sur le thème du signifiant et du signifié. N'avait-il pas appris à ses élèves que les choses n'existaient pas tant qu'on ne les avait pas nommées ? Il se massa les tempes. Peut-être se laissait-il trop envahir par les questionnements de son métier. La veille, il avait relu la Bible : Dieu avait donné à Adam le pouvoir de nommer les animaux et les objets... Et avant, ils n'existaient pas ?

Gabriel finit par oublier l'incident. Les jours suivants, il ne se produisit rien de spécial.

Un mois plus tard, cependant, prenant la place d'un pigeon qu'il observait, il vit s'inscrire le mot : PIGEON, et entre parenthèses : (327 G, MÂLE, PLUMES DE COULEUR GRIS-NOIR, ROUCOULEMENT *DO-MI* BÉMOL, LÉGER BOITILLEMENT DE LA PATTE GAUCHE. EXISTE POUR ÉGAYER LES JARDINS.)

Cette fois, le mot définissant l'animal flotta dans l'air pendant une vingtaine de secondes. Il approcha sa main pour le toucher et le mot : PIGEON s'envola aussitôt avec sa parenthèse au complet. Ce ne fut que haut dans le ciel qu'il redevint oiseau, suivi aussitôt de quelques femelles roucoulantes.

Le troisième incident eut lieu à la piscine muni-

cipale proche de chez lui. Alors qu'il nageait pai-
siblement, il vit apparaître en grosses lettres le
mot : PISCINE, et entre parenthèses : (REMPLIE D'EAU
CHLORÉE. EXISTE POUR L'AMUSEMENT DES ENFANTS ET
LA MUSCULATION DES ADULTES).

C'en était trop. Convaincu de sombrer dans la
démence, il se rendit tout droit chez un psychiatre.
Et là, il reçut le choc de sa vie. Au sortir de la
consultation qui s'était achevée sur la prescription
d'anxiolytiques, il croisa un miroir en pied dans le
couloir. En lieu et place de sa personne, il aperçut
une étiquette sur laquelle était inscrit : HUMAIN
(1,70 MÈTRE, 65 KILOS, ALLURE BANALE, AIR FATIGUÉ,
LUNETTES. EXISTE POUR DÉTECTER LES ERREURS DU
SYSTÈME).

Fragrances

La « chose » ressemblait à une météorite, mais c'était probablement la première fois qu'une météorite s'abattait au beau milieu du jardin du Luxembourg, en plein centre de Paris. Le choc fut terrible. Par ce clair matin du mois de mars, tous les immeubles des environs furent secoués comme si une bombe avait explosé à proximité.

Par chance, la météorite atterrit aux aurores et il n'y eut que peu de victimes : trois promeneurs solitaires, identifiés comme étant des revendeurs de drogue. De toute façon, que faisaient-ils si tôt au beau milieu du jardin du Luxembourg ? On déplora aussi le décès de quelques personnes à la santé fragile que le bruit avait effrayées au point de provoquer des crises cardiaques.

— Ce qui est étonnant, c'est que la chose n'ait pas causé plus de dégâts, dit un éminent scientifique. C'est comme si cette météorite avait été non pas lancée mais déposée sur notre sol.

Il fallait quand même affronter un problème majeur : il existait désormais, au cœur d'un des espaces verts les plus célèbres au monde, un

rocher d'à peu près soixante-dix mètres de diamètre. Les badauds s'attroupèrent.

— Mais... Mais ça pue ! se récria quelqu'un.

Et c'était vrai. Cette météorite empestait. Les
astronomes appelés à la rescousse expliquèrent
que, parfois, les météorites traversaient dans leur
chute des nuages interstellaires composés de
soufre, d'où peut-être cette odeur pestilentielle.

Toujours avides de formules-chocs, les journaux n'hésitèrent pas à qualifier le rocher de « dé-
jection de l'espace ». Et déjà, le public essayait
d'imaginer à quel gigantesque extraterrestre pouvait appartenir ce titanesque étron.

Lorsque le vent arrivait en provenance du nord,
tous les quartiers Sud étaient submergés d'effluves
nauséabonds au point d'en incommoder la population. On avait beau fermer hermétiquement portes
et fenêtres, il flottait toujours un infâme relent irri-
tant les narines. Une odeur âcre, lourde, terrible.
Pour se protéger, les femmes s'inondaient de parfums capiteux. Les hommes s'affublaient de
masques en plastique poreux ou de filtres à charbon actif, à peine plus discrets que les véritables
masques à gaz. Lorsque les gens rentraient chez
eux, leurs vêtements restaient imprégnés de cette
puanteur tenace. Il fallait les laver plusieurs fois à
grande eau pour les rendre de nouveau portables.

Chaque jour, l'odeur devenait plus suffocante.
On avança l'hypothèse que, peut-être, une masse
organique en décomposition occupait l'intérieur
de la météorite...

Même les mouches, dégoûtées, préféraient s'éloigner.

Nul ne pouvait rester indifférent à tant de malignité olfactive. Les parois nasales s'irritaient, les gorges s'enflammaient, les langues s'alourdissaient. Les asthmatiques étouffaient, les enrhumés n'osaient plus respirer par la bouche, les chiens hurlaient à la mort.

Au début, la météorite fit figure d'attraction internationale que les touristes venaient visiter, mais, bientôt, la « crotte de l'espace » devint le problème numéro 1 de la ville de Paris, puis de la France.

Les habitants avaient déserté les environs du jardin du Luxembourg. Plus question d'aller y pratiquer son jogging du dimanche. Les loyers se mirent à baisser, et comme la masse puante ne cessait d'élargir son champ méphitique, la population s'exila de plus en plus loin du centre de la capitale sinistrée.

La voirie municipale s'efforça, bien sûr, de déplacer l'objet avec des grues et des treuils pour expédier la roche dans la Seine, peut-être de là, la chose flotterait-elle jusqu'à l'Océan. Et tant pis pour les risques de pollution. « Tirons la chasse ! » s'exclama le maire. Cependant, aucun moteur ne se révéla capable de soulever cet étron de soixante-dix mètres de diamètre. On tenta alors de le faire exploser. Mais le roc était si dense que rien ne parvenait à le briser ni même à le rayer.

Il fallut se résoudre à supporter cette indestructible masse puante.

Un jeune ingénieur, François Chavignol, émit alors une idée : « Puisqu'on ne peut ni la déplacer ni la briser, enfermons-la dans du béton pour empêcher l'odeur de se répandre. » Aussitôt dit, aussitôt fait. Comment n'y avait-on pas pensé plus tôt ? Le maire ordonna ce qu'on appela plus tard l'opération « Enrobage ». On fit venir de tout le pays les bétonneuses les plus rapides, les ciments les plus solides, et l'on en enduisit la météorite d'une épaisse couche de dix centimètres. Et pourtant, elle continua à puer. On étala une couche supplémentaire de vingt centimètres. Ça puait toujours. Les couches s'ajoutèrent aux couches. Du ciment colmata le ciment. Au ciment succéda le béton.

Au bout d'un mois d'efforts, la surface de la météorite était recouverte de béton sur un mètre d'épaisseur. Le tout ressemblait à un cube aux angles arrondis. L'affreuse odeur régnait encore.

— Le béton est trop poreux, diagnostiqua le maire. Il faudrait trouver une substance moins perméable.

Chavignol suggéra le plâtre, qui possédait selon lui des vertus absorbantes supérieures. Il agirait comme une éponge à mauvaises odeurs.

L'échec fut patent. On recouvrit le plâtre avec de la laine de verre : « En alternant une couche de laine de verre et une couche de plâtre, nous obtiendrons une double paroi comme pour les immeubles. »

Le cube prit une forme un peu plus ovale mais n'en pua pas moins.

— Il nous faut un matériau qui ne laisse pas filtrer la moindre once de gaz, gronda le maire.

Les fronts se plissèrent. Quel matériau pouvait contenir pareille pestilence ?

— Le verre ! s'exclama Chavignol.

Comment n'y avait-on pas pensé plus tôt ? Le verre ! Cette substance compacte, lourde, imperméable, constituerait la plus protectrice des armures.

Des ouvriers fondirent de la silice jusqu'à obtenir une pâte orange et chaude dont on recouvrit les soixante-dix mètres de diamètre de la météorite (béton, plâtre et laine de verre avaient évidemment agrandi le monument).

Quand le verre eut refroidi, la météorite ressembla à une grande bille parfaitement sphérique, claire et lisse. Malgré son volume, l'objet n'était pas dénué d'une certaine beauté. Enfin, l'odeur disparut. Le verre était venu à bout de l'infection.

Partout dans Paris, ce fut la liesse. Les gens jetaient en l'air leur masque à gaz et leur filtre à charbon. Les habitants revinrent des banlieues, et des bals s'organisèrent un peu partout dans la cité. Une farandole se forma autour de la sphère nacrée.

De puissants projecteurs éclairaient la paroi sphérique et déjà les Parisiens parlaient du monument du jardin du Luxembourg comme de la huitième merveille du monde, ramenant la statue de la Liberté à une simple petite sculpture, tant sa taille était infime face à la météorite.

Le maire prononça une allocution au cours de

laquelle, non sans humour, il signala qu'« il était normal que ce gros ballon siège dans la ville dotée de la meilleure équipe de football du pays ». On l'applaudit à tout rompre. Dans un éclat de rire, toute la souffrance fut oubliée. François Chavignol reçut la médaille de la Ville et les flashes des photographes crépitèrent pour immortaliser le jeune scientifique auprès de la gigantesque boule lisse.

Ce fut le moment que choisit, dans une autre dimension de l'espace, Glapnawouët, le bijoutier extraterrestre, pour récupérer son déchet.

— Fantastique ! s'exclama la cliente centaurienne. Je n'avais jamais vu une aussi belle perle de culture. Comment l'avez-vous façonnée ?

Glapnawouët sourit finement.

— C'est mon secret.

— Vous n'utilisez plus les huîtres ?

— Non. J'ai imaginé une autre technique qui donne davantage d'épaisseur et de brillant. Les huîtres, certes, enduisent les déchets de nacre, mais le polissage n'est pas parfait, tandis qu'avec mon nouveau procédé, regardez, le travail est admirable.

La cliente enchâssa la loupe sur le plus proche de ses huit yeux globulaires et constata, en effet, la délicatesse de l'objet. Sous la lampe bleue, la perle étincelait de mille feux. Elle n'avait jamais rien admiré de plus divin.

— Mais vous vous servez d'un animal ou d'une machine ? interrogea-t-elle, très intéressée.

Le bijoutier arbora un air mystérieux qui fit

mauvir ses oreilles poilues. Il souhaitait conserver le secret de son invention. Comme la cliente insistait cependant, il chuchota :

— J'utilise des animaux. De tout petits animaux qui savent fabriquer les perles mieux que les huîtres. Voilà, je vous la mets dans un écrin ou vous avez envie de la porter tout de suite ?

— Je prendrai un écrin.

La cliente centaurienne fut un peu effrayée du prix qu'exigeait le marchand mais elle avait réellement envie de ce joyau. Assurément, cette perle parfaite ferait merveille dans ses soirées centauriennes. Elle voyait déjà comment placer ce bijou entre ses huit seins lors de la prochaine fête.

Dès le lendemain, armé d'une pince à épiler, le bijoutier Glapnawouët s'empressa de réexpédier une saleté au beau milieu du jardin du Luxembourg. Plus grosse, plus parfumée. Exactement au même endroit que la précédente. Et pour augmenter sa productivité, il en plaça également une sur la place Rouge à Moscou, une à Central Park à New York, une autre sur la place Tian'anmen à Pékin, et sur Piccadilly Circus à Londres. Sa fortune était faite. Si tout allait bien, il cultiverait de cinquante à cent perles l'an sur cette petite planète bleue du système solaire. La production ne lui coûtait pratiquement rien. Il suffisait d'une simple boule puante achetée dans un magasin de farces et attrapes et le tour était joué. Bien sûr, il fallait ensuite se laver soigneusement les mains pour faire disparaître la mauvaise odeur, mais le jeu en valait la chandelle.

La cliente centaurienne fit admirer à ses amies
la perle de culture acquise chez le bijoutier Glapnawouët. Aussitôt, toutes désirèrent la même.

Celle qui hante mes rêves

La femme idéale ?

Elle est déesse égyptienne et se prénomme Nout.

À cinq heures du matin, lorsque le soleil est rose, elle se baigne dans du lait d'ânesse et sirote son apéritif préféré, composé d'une perle dissoute dans du vinaigre de vieux vin de Corinthe. Pour toute autre, cette boisson serait mortelle. Des servantes empressées la massent tandis qu'un orchestre entonne son hymne personnel.

C'est le seul hymne où la partie chantée est interprétée non par des humains mais par une chorale de huit mille trois cents rossignols.

Nout déjeune ensuite de quelques feuilles d'eucalyptus agrémentées d'orgeat. Puis elle se maquille.

Nout écrase elle-même son khôl dans un mortier d'ivoire pour en tirer une poussière argentée dont elle orne ses paupières translucides aux longs cils courbes. Elle relève la couleur de ses lèvres d'un onguent à base de pigments de coquelicot. Elle peint ensuite les ongles de ses orteils et de ses doigts avec un vernis noir à base d'encre de pieuvre.

Toujours drapée dans une tunique de fil d'or, elle porte deux pierres précieuses, un rubis couleur sang niché dans ses cheveux, et un saphir dans le creux de son nombril.

Sur les lobes de ses oreilles et sur son cou, elle dépose trois gouttes de musc blanc agrémenté de bergamote. Ce parfum a été composé pour elle par une vieille esclave crétoise qu'elle a ramenée de l'un de ses voyages chez les Barbares du Nord.

Nout ne frappe jamais ses esclaves, sauf lorsqu'elles sont plus belles qu'elle. Ce qui est rare.

Les serviteurs attendent ses ordres.

Lorsqu'elle parle, ses boucles d'oreilles scintillent comme la rosée ; quand elle marche, ses bracelets de cheville tintent bruyamment.

On lui amène son félin. Ce guépard baptisé Sambral ne vit que pour elle.

Nout ne travaille pas, pour ne pas blesser ses mains. Nout est persuadée que le travail donne des rides et réduit considérablement l'espérance de vie. Nout ne mange pas, elle goûte. Nout ne respire pas, elle vibre.

Nout n'est pas qu'une femme. Nout est aussi un astre, au même titre que le Soleil et l'étoile du Berger.

D'auguste naissance (on la prétend fille du vent), Nout ne craint pourtant pas de se mêler à la plèbe, notamment pour jouer aux courses d'ornithorynques, le dimanche, dans la vallée du Nil.

On peut voir Nout s'élancer hors de ses jardins. Les fleurs sur son passage exhalent leurs plus subtils parfums dans l'espoir d'attirer son attention. En vain.

Il peut arriver que Nout acquière des accessoires en cuir noir (pour céder, comme elle dit, à un « fantasme populaire », car Nout aime à entretenir un côté peuple), mais elle ne pousse pas la vulgarité jusqu'à les porter.

À midi, Nout mange une pizza. Elle la choisit sans anchois, mais avec beaucoup de câpres, un peu d'origan, de la mozzarella de bufflonne, de l'huile piquante issue d'olives première pression à froid. La pâte en est obligatoirement cuite dans un four alimenté par du bois de santal, et le blé qui la compose a poussé au soleil, surtout pas en serre.

La pizza est accompagnée d'une salade verte dont seul le cœur a été gardé (Nout déteste le craquement sinistre des feuilles rigides contre ses molaires). La vinaigrette balsamique est évidemment servie à part, à la température du corps et parfumée de cumin.

Nout ne marche pas, elle glisse, Nout ne parle pas, elle chante, Nout ne voit pas, elle observe, Nout n'écoute pas, elle comprend.

De retour chez elle, Nout joue parfois d'un luth. Elle caresse l'instrument de ses longs doigts graciles aux ongles démesurés. Et l'on prétend que ceux qui entendent Nout à son luth ressentent des effets similaires à ceux de l'ivresse des profondeurs.

Lorsqu'elle pénètre dans son salon, à la tombée du jour, le soleil s'éclipse car il ne veut pas lui faire d'ombre. Qu'elle ait la phobie des souriceaux n'y change rien.

À l'heure du dîner, Nout reçoit. Elle sait composer des compliments subtils qu'elle note sur des papyrus enluminés de feuilles de gypse. Puis elle les présente à ses invités. Son esprit fait l'admiration de tous.

Nout a un frère, Hyposias, qui l'aime secrètement et interdit à tout homme de plus de treize ans de l'approcher. Mais elle sait que, lorsqu'elle rencontrera un éphèbe digne d'elle, elle écartera Hyposias sans hésiter.

Le soir, lorsque les vagues d'obscurité se succèdent dans le ciel pour éteindre les nuages, Nout, accoudée avec indolence à la balustrade d'un balcon, médite sur le mystère de sa vie et l'étrangeté de l'univers.

Ses mains s'égarent alors dans des jarres remplies de pignons entremêlés de cocons de vers à soie, au goût légèrement acidulé.

Avant qu'elle aille se coucher, un sage lui raconte la véritable histoire du monde. Il lui parle des combats des dieux dans la poussière du temps passé. Il évoque le fracas grandiose des forces de la nature s'opposant pour inventer le monde dérisoire des mortels. Il lui narre les contes des peuples invisibles dans lesquels lutins, centaures, griffons, chérubins et autres farfadets conspirent pour influencer l'esprit des mortels. Il chante la

gloire des héros maudits, qui ont combattu pour
que vivent leurs rêves.

Et elle pense...

Depuis peu, Nout s'adonne à un nouveau diver-
tissement : l'invasion guerrière des pays voisins.
Elle a déjà envahi la Namibie et a combattu les
hordes de Numides du Sud. Malheureusement,
l'armée de Nout est essentiellement formée de
mercenaires bataves, d'archers moldaves, de fron-
deurs suisses, de lions de l'Atlas aux crocs enduits
de cyanure, d'autruches au bec couvert de lames
de rasoirs, d'aigles cracheurs de feu, d'éléphants
nains apprivoisés dont la trompe projette de la glu,
et d'éperviers capables de bombarder de l'huile
bouillante. Elle ne fait donc plus le poids au
XXIᵉ siècle devant les armes modernes. C'est pourquoi Nout cherche celui qui serait capable de
moderniser ses troupes. Elle le veut habile au
maniement du sabre, prince d'un pays au moins
aussi grand que le sien, adroit dans le dressage
d'éléphants, bien habillé, ne crachant pas par terre,
ne se mettant pas les doigts dans le nez, insensible
à d'autres beautés que la sienne, ayant été initié
aux techniques contemporaines de kinésithérapie,
débarrassé de ses obligations militaires ainsi que
de sa famille (Nout ne veut pas avoir une belle-
mère sur le dos).

Elle souhaite qu'il soit docile mais sauvage.
Distingué mais voyou. Soumis mais rebelle. Nout
n'a pas l'intention non plus de s'ennuyer. Il doit
être calme mais capable d'emportement. Beau

mais ignorant de sa beauté. Et surtout posséder une belle voiture rouge de trois mille centimètres cubes de cylindrée et un compte en banque bien garni dans un coffre à chiffre codé. Si cette dernière condition est remplie, les autres deviennent accessoires.

Si vous connaissez quelqu'un susceptible de l'intéresser, écrivez à l'éditeur qui fera suivre.

Vacances à Montfaucon

Juin. Le soleil brille, l'air est léger. Les rues voient défiler des filles en chemisiers largement échancrés, jeans moulants, et les hommes en tee-shirts et lunettes noires. Pour ses vacances, Pierre Luberon a décidé de réunir toutes ses économies et de s'offrir un voyage vraiment original : une excursion dans le temps. Il sait que, grâce à ses économies, ce genre de prestation est à sa portée. Il faut avoir vécu ça au moins une fois dans sa vie, se dit-il, en poussant avec détermination la porte de l'agence de tourisme temporel.

Une jolie hôtesse l'accueille.

— Monsieur désire partir à quelle époque ? lui demande-t-elle obligeamment.

— Le siècle de Louis XIV ! Cette période m'a toujours fait rêver ! Il suffit de relire Molière ou La Fontaine pour se rendre compte qu'en ce temps-là, les gens étaient raffinés. Je veux contempler les jardins, les fontaines, les lambris, les sculptures du palais de Versailles. Je veux m'initier à l'art de la galanterie, si important alors à la Cour. Je veux respirer l'air d'un Paris pas encore pollué. Je veux manger des tomates au goût de tomate. Je veux consommer des légumes et des fruits qui n'ont connu ni pesticides ni fongicides. Je veux goûter à du lait non pasteurisé. Je veux retrouver le goût de l'authentique. Je veux connaître une époque où les gens ne se gavaient pas de télévision tous les soirs, un temps où l'on savait faire la fête, on se parlait, on s'intéressait aux autres. Je veux m'entretenir avec des hommes et des femmes qui n'ont pas besoin d'avaler des antidépresseurs avant de se rendre à leur bureau.

L'hôtesse sourit.

— Comme je vous comprends, monsieur. Vraiment, c'est un bon choix. Votre enthousiasme fait plaisir à voir.

Elle s'empare d'une fiche d'inscription et entreprend de la remplir.

— Monsieur a pensé à tous ses vaccins ?

— Des vaccins ! Je ne me rends pas dans un pays du tiers-monde, que je sache !

— Certes, mais vous savez, à l'époque, l'hygiène...

— Je veux aller en 1666 pour assister à une représentation du *Médecin malgré lui* interprété par Molière devant la Cour ! Je ne pars pas me vautrer dans un quelconque marécage de la jungle birmane ! s'offusque Pierre Luberon.

L'hôtesse se veut conciliante.

— Peut-être, mais en 1666, en France, il y avait encore à l'état endémique la peste, le choléra, la tuberculose, la fièvre aphteuse, et j'en passe. Il faut vous faire vacciner contre toutes ces maladies, sinon vous risqueriez de les rapporter avec vous. C'est une précaution obligatoire.

Le lendemain Pierre Luberon revient, un carnet couvert de tampons à la main.

— J'ai été vacciné contre tout et plus encore. Quand puis-je partir ?

L'hôtesse vérifie les cachets puis lui tend un petit vade-mecum de voyage.

— Vous avez là tous les bons conseils pour réussir votre périple. Encore quelques recommandations : prenez de la nivaquine tous les jours et ne buvez surtout pas d'eau.

— Alors je bois quoi ?

— De l'alcool, bien sûr ! vocifère d'une voix grave un grand barbu, entré derrière lui dans l'agence.

— De l'alcool ? s'étonne Pierre en se retournant.

— Monsieur a raison, confirme l'hôtesse. En 1666, mieux vaut consommer de l'alcool. Cervoise, hydromel, bière, vin, ambroisie... L'alcool tue les microbes.

— Heureusement, il y avait alors de très bons spiritueux, reprend l'autre client. Ils fabriquaient par exemple un vin d'orge dont vous me direz des nouvelles.

Pierre le considère avec suspicion.

— Vous avez déjà fait le voyage de 1666 ?

— Plusieurs fois ! répond l'homme. Je suis un grand voyageur dans l'espace et dans le temps.

Laissez-moi me présenter : Anselme Duprès, pour vous servir et vous informer. Je suis un touriste chevronné. C'est moi qui ai écrit le *Guide du routard temporel*. J'ai déjà exploré pas mal d'époques.

Il s'assoit et son regard se perd à l'horizon.

— Tel que vous me voyez, je suis un touriste professionnel. J'ai aidé à bâtir la pyramide de Khéops en Égypte. Ah ! Quelle ambiance sur le chantier ! Il y avait un type vraiment impayable, toujours la bonne blague qui vous oblige à poser vos fesses sur une pierre pour vous marrer. J'ai chevauché aux côtés d'Alexandre le Grand. J'étais présent à la victoire d'Arbèles contre les Perses. Ses généraux et lui étaient peut-être homosexuels mais comme soldats avec les hoplites, ils étaient redoutables.

« Vous avez choisi l'époque de Louis XIV ? C'est un joli moment. Si vous en avez l'occasion, goûtez à un plat typique d'alors, l'ortolan à la sauce Grand Veneur. Vous m'en direz des nouvelles.

Pierre se méfie de ce barbu. Il se tourne vers l'hôtesse.

— D'autres recommandations ?

— Oui. Vous allez rencontrer des gens du passé. Ne leur apprenez pas de techniques modernes. Ne les informez pas sur l'avenir. N'avouez jamais que vous êtes un touriste temporel. En cas de problème, rentrez immédiatement.

— Comment s'y prend-on ?

La jeune femme lui tend un objet ressemblant à une calculatrice couverte de touches diverses.

— Ici, vous inscrivez la date de votre objectif dans le temps et vous validez là. Vous créerez ainsi un carrefour quantique qui vous placera au point d'espace-temps demandé. Mais attention, prenez garde à ne pas vous tromper de date de retour. Cette machine n'est programmée que pour un seul voyage. Vous n'avez pas droit à l'erreur.

— Ah ça non, renchérit Anselme Duprès. Il ne faut pas se tromper sinon on risque de se retrouver bloqué dans le passé. J'ai des amis auxquels c'est arrivé. J'ai tenté plusieurs fois de retourner les chercher mais j'ignore où ils se trouvent exactement. Chercher quelqu'un de par la planète, c'est déjà difficile, mais trouver une personne dont on ignore la localisation, et dans l'espace et dans le temps, c'est une gageure.

L'hôtesse tend une feuille jaune.

— Souhaitez-vous souscrire une Temporo assistance ?

Pierre examine le papier.

— C'est quoi ?

— Une assurance. En cas de pépin, une équipe de secours vient vous chercher. Nous avons déjà sauvé pas mal de touristes égarés dans le temps...

— C'est cher ?

— Mille euros. Mais avec ce contrat, vous bénéficiez d'une sécurité à toute épreuve. Je ne saurais trop vous le conseiller.

Pierre déchiffre l'offre en détail.

— Je me permets également de vous la recommander, monsieur, dit le client barbu. Je ne voyage jamais sans.

Mille euros, c'est pratiquement le tiers du prix du billet. Rien que pour une assurance ! Il ne faut quand même pas exagérer, se dit Pierre Luberon. Lui qui ne prend pas ce genre de précautions pour ses voyages ordinaires ne va pas faire exception pour celui-ci. Ce n'est qu'un simple loisir après tout !

— Non, désolé, c'est assez cher comme ça. Je ne veux pas de votre Temporo assistance.

L'hôtesse lève les yeux au ciel en signe d'impuissance.

— Dommage, Monsieur risque de le regretter.

— Ma décision est prise. D'autres recommandations ?

— Non, vous pouvez partir à présent. Introduisez votre année et votre lieu de voyage et appuyez là, dit l'hôtesse en lui tendant la calculatrice rouge.

Pierre revêt une tenue Louis XIV achetée chez un costumier de cinéma. Il n'emporte avec lui qu'un sac de cuir temporellement indéfini. Puis il s'assied confortablement sur une chaise, affiche la date souhaitée et presse le bouton de départ.

PARIS. 1666.

La première sensation forte qui assaille Pierre, c'est l'odeur. La ville empeste l'urine. Au point qu'il songe aussitôt à appuyer sur le bouton de retour. Mais en réduisant l'ampleur de sa respiration, un mouchoir sur le nez, il parvient à s'accoutumer à cette infamie.

Second choc, les mouches. Il n'en a jamais vu autant, même dans les pays du tiers-monde. Il faut dire qu'il n'a jamais vu autant d'excréments humains joncher les rues d'une ville. Il se hâte vers une rue commerçante. Les échoppes sont surmontées d'enseignes aux couleurs vives. Une chaussure pour le cordonnier. Une bouteille pour la taverne. Une poule pour le rôtisseur. Les marchands hurlent pour attirer le chaland. Tout le monde parle un français qui, pour le touriste contemporain, ressemble davantage à du patois qu'à ce qu'il attend de la langue de Molière.

Pierre Luberon évite de peu les ordures lancées depuis une fenêtre par une ménagère pressée. Ciel, il n'avait jamais imaginé le XVIIe siècle aussi sale ! Et toujours cette odeur d'urine et de pourriture. Normal : pas de tout-à-l'égout, pas d'arrivées d'eau dans les appartements, pas de vide-ordures, pas de services de voirie. Des rats courent partout, des cochons en liberté fouillent du groin pour trouver leur pitance. Cochons et rats sont les éboueurs de l'époque.

Les rues sont étroites et tortueuses. Pierre a l'impression d'être pris dans un immense labyrinthe nauséabond.

Des échoppes d'artisans tanneurs exhalent de nouveaux remugles âcres.

Pierre songe que, somme toute, le XXIe siècle

n'a pas que des désavantages. Il avance dans une rue qui s'élargit et débouche sur le gibet de Montfaucon. Enfin un lieu célèbre. Enfin du tourisme. Des corps de pendus sont recouverts de corbeaux. En s'écoulant, la semence des suppliciés a permis à des mandragores de germer. Ainsi, la légende était vraie...

Avec son mini-appareil photo numérique, il prend quelques clichés qui épateront ses amis.

Il poursuit son chemin vers ce qui semble être le centre-ville et découvre d'autres monuments et lieux historiques : le carreau du Temple, la cour des Miracles. Il se gorge d'images et de sons d'époque. Son voyage devient enfin divertissant. N'était cette odeur abominable, l'excursion serait presque agréable. Il s'arrête dans une taverne pour boire une chope de cervoise âcre et tiède, en regrettant que le réfrigérateur n'existe pas encore. Puis reprend sa déambulation en quête d'une auberge pour la nuit.

Pierre se perd dans une nouvelle ruelle. Autour de lui, les mouches sont de plus en plus nombreuses. Il n'y a pas que les étrons humains et les ordures pour les attirer, mais aussi des cadavres. « IMPASSE DES ÉGORGEURS », indique une inscription gravée dans le mur, et dessous, précisément, gît un corps apparemment sans vie, le visage marqué d'une bouche souriant d'une oreille à l'autre.

— Appelez la maréchaussée ! crie-t-il à l'adresse des passants.

Un homme répond par une phrase incompréhensible. Du vieux français populaire sans doute. Heureusement, Pierre avait prévu que la langue de ce siècle serait difficile à saisir. Sa prothèse traductrice implantée dans l'oreille lui vient en aide :

— Que se passe-t-il ici, quel est le problème ? demande l'autre.

La prothèse-truchement lui fournit les mots pour expliquer qu'il faut prévenir la police. Son interlocuteur brandit alors un gourdin clouté et l'assomme d'un coup bien ajusté. Pierre n'a que le temps de le voir détaler avec son sac de cuir avant de s'évanouir.

Lorsqu'il se réveille, une jeune fille est en train de lui placer un garrot et, avant qu'il ait pu réagir, d'un couteau acéré, elle extrait un filet de sang.

— Que faites-vous, malheureuse ?

Elle hausse les épaules.

— Une saignée, bien sûr. Vous étiez mal en point, je vous ai traîné jusque chez moi et vous me remerciez en m'insultant !

Elle éclate de rire, puis saisit un linge humide et lui en tamponne le front.

— Restez tranquille, vous avez encore un peu de fièvre. Vous devriez éviter de vous battre dans la rue.

Il se masse la tête... se souvient d'avoir été attaqué dans l'impasse des Égorgeurs... Et de s'être fait voler son sac avec, dedans, l'appareil qui devait lui permettre de retourner dans le présent !

Complètement abattu, il réalise qu'il est désormais prisonnier dans le passé.

Lentement, son regard se porte sur sa protectrice. La jeune fille est gracieuse, non dénuée de charme. Pourtant il ressent une gêne intense. Elle dégage une odeur de fauve. Elle n'a pas dû se laver depuis sa naissance.

— On dirait que quelque chose vous dérange ? interroge la demoiselle.

Lorsqu'elle parle, c'est encore pire. De sa bouche émane une haleine putride, et le spectacle de ses dents noirâtres est désolant. Évidemment, elle ne connaît ni le dentifrice ni les dentistes, tout juste les arracheurs de dents. Elle ne s'est probablement jamais brossé les dents de sa vie.

— Vous avez de l'aspirine ? demande-t-il.

— De quoi ?

— Oh, excusez-moi, je veux dire une décoction d'écorce de saule pleureur.

Elle fronce les sourcils.

— Vous connaissez les plantes médicinales ?

La jeune fille semble soudain soupçonneuse et le dévisage comme si elle regrettait maintenant de l'avoir secouru.

— Vous ne seriez pas un « sorcier » par hasard ?

— Mais non, pas du tout.

— Vous êtes un homme bizarre en tout cas, remarque-t-elle, sourcils froncés.

— Je me nomme Pierre. Et vous ?

— Pétronille. Je suis la fille du savetier.

— Merci de m'avoir secouru, Pétronille, dit-il.

— Ah, enfin un peu de reconnaissance. Je vous ai préparé un lait de poule, monsieur l'étrange étranger qui vous étonnez de tout et êtes vous-même étonnant.

Elle lui présente un bouillon jaunâtre et blanc, peu ragoûtant, où flottent des morceaux de pain et de navet. Il avale le liquide gras et a la présence d'esprit de ne réclamer ni thé, ni café.

— Depuis que vous avez repris vos esprits, on dirait que quelque chose vous taraude, reprend la jeune fille.

— C'est que je viens d'une province où les gens sont obnubilés par les bains et...

— Les bains ? Vous voulez dire les étuves ?

Elle lui explique que ces lieux de propreté étaient devenus des lieux de débauche. De plus, des savants avaient découvert que l'eau chaude provoquait des fissures dans la peau, exposant l'organisme aux courants d'air malfaisants, et qu'on soupçonnait la peste de provenir de ces fameuses étuves.

Sans doute ces lieux de convivialité irritent-ils l'Église, pense Pierre.

Pétronille confirme :

— Monsieur le curé nous interdit de fréquenter les étuves. Il dit qu'il n'est pas normal que de bons chrétiens se retrouvent dans cette atmosphère brûlante et moite, pareille à celle de l'Enfer.

Pierre songe qu'à son retour, il pourrait être intéressant de rédiger une thèse sur l'hygiène au XVIIe siècle.

— Maintenant, assez parlé, reposez-vous, ordonne la fille.

À son réveil, des hommes du guet l'entourent et l'arrêtent. Pétronille l'a dénoncé comme sorcier. Il est prestement mené à la prison centrale et jeté dans une geôle avec deux autres individus.

— Vous êtes là pour quoi, vous ?

— Sorcellerie.

— Et vous ?

— Sorcellerie.

— Nous sommes tous ici pour sorcellerie ?

Le regard de Pierre se porte sur un objet qui dépasse du gilet d'un de ses codétenus.

— Mais vous possédez un appareil photo !

— Tiens, vous connaissez la photographie ? s'exclame l'autre.

— Bien sûr, je viens du XXIe siècle. Et vous ?

— Pareil.

Pierre est rassuré.

— Je suis en vacances, raconte-t-il. J'ai eu le malheur de tomber sur des voleurs, et depuis, c'est la croix et la bannière pour m'expliquer. Finalement, les gens d'ici m'ont jeté dans ce cachot.

— Nous sommes donc tous trois des touristes spatiotemporels, remarque le troisième prisonnier.

— Oui, et ils nous prennent pour des sorciers.

Des hurlements atroces résonnent quelque part, et les trois détenus frissonnent.

— J'ai peur. Que vont-ils nous faire ? Ils ont

sans doute l'intention de nous torturer jusqu'à nous faire avouer notre pacte avec Satan, soupire le possesseur de l'appareil photo. Ensuite ils nous pendront au gibet de Montfaucon.

Pierre songe que, bientôt, c'est lui qui fera pousser les mandragores. Le souvenir des pendus aux langues bleues et aux têtes recouvertes de corbeaux l'obsède. Il est bien loin de Versailles et des pièces de Molière. Si seulement il n'avait pas perdu sa machine à remonter le temps. Il s'agite dans ses chaînes et se meurtrit les poignets contre le métal rouillé.

Le troisième « sorcier » affiche un visage serein.

— Vous n'avez pas l'air trop inquiet, vous, remarque Pierre Luberon.

— J'ai souscrit un contrat d'assurance Temporo assistance. Si au bout de trois heures je n'ai pas transmis le signal convenu, ils me rapatrieront automatiquement. Ça ne devrait d'ailleurs pas tarder.

En effet, subitement, l'homme disparaît, laissant derrière lui des chaînes qui pendent, vides, et un peu de fumée bleue.

— Nos geôliers se méfieront encore davantage de nous à présent, remarque l'autre touriste en soufflant pour disperser la fumée qui pourrait être interprétée comme un sortilège.

Pierre se mord les lèvres, au comble de l'angoisse.

— Si seulement j'avais souscrit moi aussi ce

contrat Temporo comme me le recommandait l'hôtesse...

La porte de la cellule s'ouvre avec des grincements sinistres et entre un personnage à la stature impressionnante, un loup rouge sur les yeux. Le bourreau sans doute. Son visage n'est pourtant pas inconnu de Pierre Luberon. Cette barbe noire ! C'est le client de l'agence, le soi-disant chroniqueur du *Guide du routard temporel*, Anselme Duprès. Que fait-il ici ? Un instant, Pierre se prend à espérer qu'il vient le secourir. Il n'a pas le temps de réfléchir davantage. Déjà, des hommes en armes le poussent vers le gibet et Anselme Duprès s'apprête à le supplicier.

— Vous auriez dû m'écouter, lui souffle celui-ci à l'oreille. Je ne suis pas seulement le dévoué rédacteur du *Guide du routard temporel*, prêt à toutes les expériences et à exercer tous les métiers d'époque pour mieux renseigner mes lecteurs. Je m'occupe aussi du service marketing de Temporo assistance.

L'inattendu bourreau lui passe une corde autour du cou et entreprend de la serrer. La vie de Pierre Luberon ne tient plus qu'au minuscule tabouret sur lequel ses pieds s'agitent. Il ferme les yeux et revoit en un instant les meilleurs moments de son existence.

Duprès s'approche encore pour lui murmurer à l'oreille :

— Temporo assistance a décidé de lancer une campagne de promotion à destination des touristes qui partent en juin, avant le grand rush de l'été. Il conviendrait de privilégier cette période. Évidemment les étudiants n'en ont pas encore fini avec leurs examens, mais pour tous les autres, étaler les congés éviterait les goulots d'étranglement. Qu'en pensez-vous ?

— C'est en effet une très bonne idée, reconnaît Pierre Luberon, balbutiant.

— Les clients sont des moutons de Panurge. Tout le monde part en même temps en juillet/ août tandis qu'en juin, les agences de voyages sont quasiment au chômage technique et les routes vides.

— C'est vrai, articule-t-il avec difficulté. C'est scandaleux.

— Vous, vous avez choisi juin. C'est bien. Quel dommage que vous n'ayez pas eu le réflexe Temporo assistance ! Évidemment j'aurais pu insister. Mais nous nous sommes fixé de strictes règles déontologiques : pas de vente forcée.

— Bien sûr, acquiesce Pierre, ravalant péniblement sa salive.

— Autrement, nous pourrions avoir des ennuis avec le Service de Contrôle du Tourisme.

Alentour, une foule scande déjà : « À mort le sorcier ! À mort le sorcier ! »

— À propos, interroge le bourreau d'occasion, si vous ne mouriez pas là, maintenant, vous partiriez à quelle époque l'année prochaine ?

— Juin. Juin ou à la rigueur septembre. Vous avez raison, il faut privilégier les mois délaissés par les hordes. Surtout, comme cette fois-ci, j'éviterais le grand rush de juillet/août.

Le bourreau, derrière son masque rouge, semble se livrer à un grand effort de réflexion, tandis que la foule s'impatiente.

— Vous partiriez en juin et vous prendriez Temporo assistance ?

— Sans la moindre hésitation vraiment, j'en ferais même la publicité auprès de mes amis. Sans leur conter ma mésaventure évidemment.

— Temporo assistance prend toujours grand soin de ses clients, présents ou futurs. Bienvenue chez nous.

D'un geste auguste, Anselme Duprès dépose comme une offrande, dans les mains liées dans le dos de Pierre Luberon, une calculatrice rouge où s'inscrit le chiffre 2000. Pierre appuie sur la touche en se jurant bien que, Temporo assistance ou pas, c'est bien la dernière fois qu'il voyage dans le temps. L'année prochaine, il optera pour une réservation dans un hôtel-club sur la Côte d'Azur. En juillet, comme tout le monde.

Fini les excentricités.

Manipulation

Je me nomme Norbert Petirollin et je suis inspecteur de police. Longtemps, j'ai cru que je pouvais tout diriger dans mon corps, jusqu'au jour où j'ai été confronté au « problème ». La situation était troublante : ma main gauche venait de faire sécession.

Comment devint-elle autonome ? Je l'ignore. Mon calvaire commença un jour où je voulus me gratter le nez.

D'habitude, j'utilise ma main droite mais comme je lisais un livre, je crus plus simple d'utiliser la gauche. Celle-ci ne bougea pas. Je n'y prêtai sur le coup pas la moindre attention et me grattai avec la droite, comme à l'ordinaire.

Cet incident se reproduisit. Un jour, ma main gauche quitta le volant de ma voiture alors que je passais une vitesse avec la droite. Je n'eus que le temps de rectifier une embardée et de redresser mon véhicule en m'agrippant fermement au volant avec ma main droite. Plus tard, ma main gauche refusa de tenir sa cuiller à table et la droite se retrouva seule à se débattre avec des spaghettis.

Mon réflexe fut simple : je lui parlai. Je lui dis :

— Qu'est-ce qui te prend, toi ? Qu'est-ce qui ne va pas ?

Évidemment, n'étant dotée ni de bouche ni d'oreilles, ma main gauche ne put me répondre mais ce qu'elle fit me surprit plus encore : elle désigna ma main droite, et plus précisément la gourmette en argent à son poignet. Était-il possible que ma main gauche fût jalouse de ma main droite ?

Dans le doute, je dégrafai la gourmette de ma main droite avec mes dents et l'enfilai au poignet gauche. Je ne sais si mon imagination me joua des tours mais il me sembla que, dès lors, ma main gauche obéissait à nouveau. Elle partait gratter mon nez à la moindre sollicitation. Elle maintenait fermement le volant lorsque la main droite passait les vitesses. C'était une main dorénavant câline et bien élevée.

Tout fonctionna le mieux du monde jusqu'au jour où ma main gauche aspira de nouveau à l'indépendance. Alors que j'assistais à une représentation à l'Opéra, elle se mit à claquer des doigts jusqu'à ce que je sois contraint de sortir sous les huées du public. Et elle refusa de m'expliquer ce comportement barbare.

Par la suite, ma main gauche ne cessa plus de m'agacer. Elle sortait et rentrait de mes poches de manière ridicule, me tirait les cheveux, refusait de se laisser couper les ongles par ma main droite, ce qui me valut plusieurs estafilades. Parfois, lorsque je m'endormais, ma main gauche me réveillait en m'enfonçant deux doigts dans les narines, provoquant un début d'asphyxie.

Je n'avais certes pas l'intention de lui céder mais ma main gauche voulait me faire comprendre quelque chose et elle insista jusqu'à ce que je lui accorde un peu d'attention. On peut affronter un ennemi redoutable mais lorsque votre adversaire frémit en permanence à vos côtés et se dissimule dans la poche de votre pantalon, je peux vous assurer qu'il n'est pas facile de le combattre.

S'ensuivirent des semaines mémorables. Ma main volait des objets dans les grands magasins, me plaçant dans le plus grand embarras face à des vigiles peu commodes, d'autant que, provocante, la traîtresse agitait volontiers les fruits de mes larcins sous le nez des cerbères postés à la sortie. Sans ma carte de police, je n'aurais jamais pu m'en tirer.

En visite chez des amis, ma main gauche renversait, comme par inadvertance, statuettes et bibelots fragiles. Elle plongeait sous les jupes des dames les plus conformistes et se permettait même de caresser des poitrines étrangères, alors que ma main droite et moi étions tout tranquillement occupés à prendre le thé. Je me pris beaucoup de gifles auxquelles ma main gauche répondit par des gestes obscènes.

Je finis par confier mes tracas au docteur Honoré Padut, un ami psychanalyste. Il me répondit que c'était normal. Un schisme oppose cerveau droit et cerveau gauche dans notre crâne. À gauche la raison, à droite la passion. À gauche la masculinité, à droite la féminité. À gauche le conscient, à droite l'inconscient. À gauche l'ordre, à droite le désordre.

— Mais si c'est à gauche que siège l'ordre, pourquoi est-ce précisément ma main gauche qui multiplie les bêtises ?

— Le contrôle des membres est régi par les hémisphères opposés. Ton œil droit, ta main droite, ton pied droit sont contrôlés par ton hémisphère gauche et vice versa. Ton inconscient, côté droit, trop longtemps brimé, s'efforce d'attirer ton attention. D'habitude, cette attitude se traduit par des crises de nerfs, des colères brusques, des poussées artistiques. Ainsi s'exprime d'ordinaire l'hémisphère droit refoulé. Chez toi, c'est un peu spécial. La frustration de ton cerveau droit s'exprime par une révolte de ta main gauche. C'est très intéressant. Considère donc ton corps comme un gigantesque pays dont une région serait entrée en rébellion. En France, nous avons connu les mouvements autonomistes vendéens, bretons, basques, catalans. Il s'agit d'un problème de politique intérieure organique. Rien de plus normal.

De savoir qu'il existait une explication psychanalytique à mon problème me rassura un peu. Pourtant, les désagréments liés à cet « appendice rebelle » ne faisaient que croître et multiplier. Ils me gênaient même dans mon travail.

Au commissariat, ma main gauche jouait avec

l'étui de mon revolver posé sur le bureau. Elle raturait mes rapports, s'amusait à enflammer des allumettes qu'elle lançait dans les corbeilles à papier, tirait les oreilles de mes supérieurs hiérarchiques.

Je dus me résoudre à demander à ma main gauche quel nouveau hochet lui ferait plaisir. Convoitait-elle, par exemple, la bague de ma main droite ? Mais ma main gauche s'empara d'un stylo et avec difficulté (je suis droitier et pas ambidextre) elle traça : « Signons un contrat d'association. »

Je crus rêver. M'associer avec ma main gauche ! Alors qu'elle m'appartenait depuis ma naissance ! Une main, c'est un acquis. Pas question de négocier un avantage acquis. Ma main gauche, je l'ai toujours eue. Elle est à moi. Comme elle semblait percevoir les sons de l'intérieur, je lui dis :

— Et puis quoi encore !

Elle reprit la plume :

« Je veux mon propre argent de poche pour vivre à ma guise. Si tu ne cèdes pas, je te rendrai la vie impossible. »

Plutôt que de capituler, je tentai de l'amadouer en l'amenant chez la manucure. Une charmante jeune femme aux mains douces en prit soin et lui redonna une allure superbe. Les ongles resplendissaient. Tout était propre et net sur cette main traîtresse. Cependant, cette sollicitude ne suffit pas à venir à bout du monstre. Dès qu'elle en avait l'occasion, partout, mon extrémité gauche écrivait : « Association ou sabotage ! »

Je refusais de céder à ce chantage. Ma main gauche me prit un jour à la gorge et tenta de m'étrangler. Ma main droite eut beaucoup de mal à lui faire lâcher prise. Désormais, je le savais : ma main gauche était dangereuse. Mais je pouvais l'être moi aussi. Je l'avertis :

— Si tu continues à n'en faire qu'à ta tête, je peux t'amputer.

Évidemment, cette idée ne me souriait guère mais je ne souhaitais pas non plus vivre en permanence sous la menace d'une main ennemie incontrôlable. Pour lui prouver ma résolution, j'enfermai ma main gauche dans une moufle de ski où j'espérais qu'elle se tiendrait plus tranquille. Il n'en fut rien. Je me résignai donc à l'emprisonner dans un coffret en bois de chêne de ma fabrication, ce qui la contraignit à se réunir en poing. Je l'abandonnai ainsi toute une nuit et, le lendemain matin, je la sentis moite de frustration. La prison, pour les mains récalcitrantes, c'est radical. Peut-être finirait-elle enfin par comprendre qui était le chef ici.

« C'est moi : Norbert Petirollin, maître incontesté de tout mon corps, du bout des phalanges jusqu'au tréfonds des os, possesseur des organes et des dérivations, unique responsable du trafic des hormones, de l'acidité stomacale, arbitre des flux sanguins et des courants électriques nerveux. Je suis maître de mon corps. Le titre m'en revient de naissance. Toute tentative de sécession d'une partie quelconque de mon organisme sera réprimée dans la violence », répétais-je, tel un Louis XI fédérateur.

Je la libérai de sa prison et de nouveau, une quinzaine de jours durant, elle se tint correctement. Puis elle s'empara d'une craie et écrivit : « Liberté, égalité, association » sur un mur. Un comble. Et pourquoi pas le droit de vote tant qu'elle y était ? Ma main droite voterait à droite et ma main gauche à gauche.

Je la cloîtrai dans un plâtre pendant une semaine. À la cage ! Lorsque des gens me demandaient ce qui m'était arrivé, je leur répondais simplement que j'étais tombé à skis. Ma main gauche n'en menait pas large. Le soir, elle grattait tristement des ongles contre la paroi du plâtre. Brave homme, je me résolus à la délivrer. Elle frémit en retrouvant le Soleil.

À la suite de cette punition, je dois l'avouer, je n'eus plus à me plaindre de ma main gauche. Je pus reprendre normalement mes activités jusqu'à ce qu'un jour tout bascule. J'enquêtais sur un crime horrible : une vendeuse de supermarché étranglée la veille au soir. Un crime crapuleux dont le vol n'était même pas le mobile. À côté, la caisse béante regorgeait de billets de banque. Je repérai des empreintes digitales et les photographiai afin de les analyser en laboratoire. Quelle ne fut pas alors ma surprise de reconnaître les empreintes de ma main gauche.

L'enquête dura longtemps. Je la menai avec discrétion car je ne tenais pas à me faire prendre, si l'on peut dire, la main dans le sac. Cependant, plus j'avançais dans mes investigations, plus les indices se recoupaient. Ma main gauche avait fait le coup. D'ailleurs, elle fanfaronna au fur et à mesure de l'enquête comme pour me narguer. Elle pianotait des gammes sur les tables en roulant les doigts comme pour me dire : « Tu as voulu la guerre, eh bien, tu l'as. »

Une question me taraudait cependant : comment ma main gauche avait-elle pu entraîner tout mon corps sur le lieu du crime sans que je m'en aperçoive ?

J'interrogeai les témoins. Ils reconnurent m'avoir remarqué la veille dans le voisinage. Je m'aidais d'une canne et ma main gauche était appuyée dessus. Était-il possible que cet infâme embranchement de mon être m'ait transporté dans mon sommeil en usant d'une canne comme soutien ? Non ! Mon poignet n'était pas assez solide pour porter mes 85 kilos de viande non coopérante. Et pour l'instant, la rébellion n'avait pas dépassé mon poignet.

Je me renseignai encore auprès d'un médecin et celui-ci m'expliqua que j'étais atteint d'une maladie très rare. Il souhaita me présenter à des confrères et rédiger une thèse sur mon cas. Je m'enfuis à toutes jambes, au grand dam de ma main gauche qui ne cessait de s'accrocher aux portes pour me ralentir.

De retour chez moi, j'interrogeai directement ma main gauche. Chaque fois qu'elle me donnait une mauvaise réponse, je lui tapais sur les doigts avec une règle en fer. Bien sûr, au début, elle tenta de se défendre, me projetant au visage tous les stylos et les gommes à sa portée. Mais je l'attachai au pied de la table et entrepris de la frapper avec un annuaire téléphonique jusqu'à ce qu'elle consente à écrire. Les annuaires téléphoniques, ça fait mal et ça ne laisse pas de traces. Dans la police, on s'efforce d'éviter les sévices corporels mais il y a des cas où il faut quand même faire parler les suspects.

La main gauche se résolut à coopérer. Avec un stylo, elle nota :

« Oui, c'est moi qui ai tué la vendeuse du supermarché. Tu ne t'intéressais plus à moi et je n'ai trouvé que ce moyen pour retrouver ton attention. »

— Mais comment t'y es-tu prise pour transporter l'ensemble de mon corps sur le lieu du crime ?

Elle inscrivit :

« J'ai beaucoup souffert lorsque j'étais dans le plâtre mais j'ai eu le temps de réfléchir et de mettre un plan au point. J'ai utilisé l'hypnose. Alors que tu t'étais endormi, je t'ai pincé pour te réveiller à demi, et puis j'ai agité un pendule devant toi pour te contraindre à obéir à tout ce que j'ordonnais sur un calepin. Même la main droite a consenti à servir de support au carnet. "Va au supermarché", ai-je réclamé. Tu y es allé. Là-bas, il ne restait plus qu'une vendeuse qui recomptait la recette du jour. Elle était seule, l'occasion rêvée. J'ai bondi, tu as suivi, j'ai serré. »

L'horreur ! Jamais je ne pourrais expliquer ça à mes supérieurs hiérarchiques. Qui me croirait lorsque je dirais que ma main gauche avait tué parce qu'elle se sentait négligée ?

J'hésitai longtemps : fallait-il châtier ma main gauche ?

Fallait-il lui ronger les ongles jusqu'au sang ?

Je la regardai entre deux yeux et cinq doigts. Elle était belle, ma main gauche. Après tout, c'est formidable une main. Ça peut faire pince, réceptacle, tranchoir. Tous les doigts sont autonomes, le bout durci par l'ongle permet de gratter et de découper des matières fibreuses. Grâce à mes mains, je pouvais taper à toute vitesse mes rapports de police, je pouvais jouer à des centaines de jeux, je pouvais me laver, feuilleter des livres, piloter des voitures. Je leur devais beaucoup. Ce n'est que lorsque quelque chose vous manque qu'on s'aperçoit à quel point cette chose était irremplaçable. Mes mains sont des merveilles de mécanique. Aucun robot ne saurait les égaler.

J'ai besoin de mes deux mains. Y compris de cette gauche rebelle.

J'aboutis à la conclusion que le mieux était encore de m'en faire une amie. Cette main, après tout, m'avait été très utile par le passé et pouvait encore m'être précieuse. Elle souhaitait son autonomie, tant mieux. Ainsi je disposerais en permanence d'un deuxième avis à portée... de main. Je me résolus donc à signer un contrat d'association avec ma main gauche.

Ma droite représentait mes intérêts alors que ma gauche représentait les siens propres. Dans la clause principale, j'accordais à ma main gauche un peu d'argent de poche et une manucure hebdomadaire. En échange, elle consentait à participer à toutes les tâches auxquelles était soumis le reste du corps. Elle ferait balancier au jogging, elle compléterait le travail de la main droite à la guitare, etc. Elle bénéficierait en outre de tous les avantages liés à son appartenance à mon corps : régulation thermique, irrigation sanguine, système d'alerte douleur avec solidarité des autres organes visant à faire cesser la souffrance, nettoyage quotidien, protection vestimentaire adaptée, neuf heures de repos par jour.

C'est ainsi que je m'assurai une alliée de poids, toujours proche de moi, toujours à ma dévotion. Ce fut elle d'ailleurs qui me conseilla de quitter la police pour ouvrir ma propre agence de détective : « MGPA », pour « Main Gauche & Petirollin Agency ».

Certains prétendent que, dans l'agence, c'est ma main gauche qui porte le pantalon et prend toutes les décisions importantes, mais ce sont de mauvaises langues envieuses. Probablement parce qu'elles passent les trois quarts de la journée enfermées dans des bouches putrides parmi des dents entartrées. Il y a de quoi vous rendre claustrophobe. Elles préféreraient être autonomes comme ma main gauche. Ça se comprend.

L'Arbre des possibles

Hier les actualités télévisées étaient atroces.

Ensuite j'ai mal dormi.

Je me suis réveillé plusieurs fois en sueur, le corps brûlant.

Lorsque enfin j'ai pu sombrer dans un sommeil plus profond, j'ai rêvé d'un arbre qui étendait en accéléré ses branchages vers le ciel.

Son tronc s'élargissait, se tordait et craquait, alors que des feuilles apparaissaient, foisonnaient puis tombaient, laissant la place à de nouveaux bourgeons.

En s'approchant, on voyait sur son écorce des milliers de petits points noirs qui grouillaient.

Ce n'étaient pas des fourmis, mais des humains. Et en s'approchant on les voyait, bébés, ramper à quatre pattes, puis se lever, devenir enfants, adultes puis vieillards. Pour eux aussi le temps s'accélérait.

De plus en plus de grappes de points noirs ruisselaient sur l'écorce de cet arbre géant. Et au fur et à mesure que l'arbre s'étendait, leur nombre croissait. Les humains formaient de longues files qui sillonnaient les ramures, s'arrêtant parfois à l'apparition d'une branche. Ils avançaient jusqu'aux feuilles, les contournaient ou essayaient de monter dessus. Parfois la feuille tombait et tous les humains chutaient avec elle.

Cette nuit j'ai rêvé d'un arbre, et ce matin cela m'a donné une idée.

Peut-être y a-t-il des cycles dans l'histoire...

Peut-être certains événements sont-ils prévisibles pour peu qu'on réfléchisse à ce qu'il s'est déjà passé...

Certains futurologues ont jadis avancé des hypothèses. Ils ont remarqué que...

Tous les onze ans il se produit une recrudescence de violence à l'échelle planétaire (ils ont même associé ce phénomène aux giclées de magma sur la surface du Soleil).

Tous les sept ans les cours de la Bourse chutent.

Tous les trois ans intervient une accélération du nombre des naissances.

Évidemment, ce n'est pas si simple, mais pourquoi se priverait-on d'anticiper le futur...

Peut-être évitera-t-on des catastrophes en étudiant le passé...

Peut-être prévoira-t-on certaines situations en étudiant les courbes d'évolution logiques, ou probables...

Depuis longtemps les spécialistes discutent de la croissance démographique exponentielle des humains sur Terre. Et chaque fois ils prétendent que la situation n'est pas alarmante, puisque nous

parvenons à produire de plus en plus de nourriture.
Or nous savons maintenant que cette nourriture est
appauvrie en vitamines et en oligo-éléments parce
que nous avons épuisé les terres en utilisant trop
d'engrais. La Terre est-elle suffisamment riche
pour nourrir une humanité qui double tous les dix
ans ? Ne risque-t-on pas de connaître des guerres
de survie ?

Pourrions-nous mettre ces facteurs en équation
afin de prévoir les changements qu'ils entraîneront
dans le futur ?

Ce matin, j'ai imaginé que des hommes et des
femmes venus de tous les horizons de la connaissance, sociologues, mathématiciens, historiens,
biologistes, philosophes, politiciens, auteurs de
science-fiction, astronomes, se réunissaient dans
un lieu isolé de toute influence. Ils formeraient un
club : le Club des visionnaires.

J'ai imaginé que ces spécialistes discuteraient et
tenteraient de mêler leurs savoirs et leurs intuitions pour établir une arborescence, l'arborescence
de tous les futurs possibles pour l'humanité, la
planète, la conscience.

Ils pourraient avoir des avis contraires, cela
n'aurait aucune importance. Ils pourraient même
se tromper. Peu importe qui aurait raison ou tort,
ils ne feraient qu'accumuler, sans notion de jugement moral, les épisodes possibles de l'avenir de
l'humanité. L'ensemble constituerait une banque
de données de tous les scénarios de futurs imagi-
nables.

Sur les feuilles de l'arbre s'inscriraient des hypothèses : « Si une guerre mondiale éclatait », ou « Si la météorologie se déréglait », ou « Si l'on se mettait à manquer d'eau potable », ou « Si on utilisait le clonage pour engendrer de la main-d'œuvre gratuite », ou « Si l'on arrivait à créer une ville sur Mars », ou « Si l'on découvrait qu'une viande a provoqué une maladie contaminant tous ceux qui en ont consommé », ou « Si on réussissait à brancher les cerveaux directement sur des ordinateurs », ou « Si des matières radioactives commençaient à suppurer des sous-marins nucléaires russes coulés dans les océans ».

Mais il pourrait y avoir aussi des feuilles plus bénignes ou plus quotidiennes comme « Si la mode des minijupes revenait », ou « Si on abaissait l'âge de la retraite », ou « Si l'on réduisait le temps de travail », ou « Si l'on abaissait les normes de pollution automobile autorisées ».

On verrait alors sur cet immense arbre se déployer toutes les branches et les feuilles du futur possible de notre espèce.

On verrait aussi apparaître de nouvelles utopies.

Ce travail d'apprenti visionnaire serait entièrement représenté dans ce schéma. Évidemment, il n'aurait pas la prétention de « prédire l'avenir » mais en tout cas l'avantage de désigner les enchaînements logiques d'événements.

Et à travers cet arbre des futurs possibles, on distinguerait ce que j'ai appelé la VMV : « Voie de moindre violence ». On verrait qu'une décision impopulaire sur le moment peut éviter un gros problème, à moyen ou à long terme.

L'Arbre des possibles aiderait ainsi les politiciens à surmonter leur peur de déplaire pour revenir à plus de pragmatisme. Ils pourraient déclarer : « L'Arbre des possibles montre que, si j'agis en ce sens, cela aura des conséquences pénibles dans l'immédiat, mais nous échapperons à telle ou telle crise ; tandis que si je ne fais rien, nous risquons probablement telle ou telle catastrophe. »

Le public, moins apathique qu'on ne se le figure généralement, comprendrait et ne réagirait plus de manière épidermique, mais en tenant compte de l'intérêt de ses enfants, petits-enfants et arrière-petits-enfants.

Certaines mesures écologiques difficiles à prendre deviendraient plus acceptables.

L'Arbre des possibles aurait pour vocation non seulement de permettre de détecter la VMV mais aussi de passer un pacte politique avec les générations à venir, en vue de leur laisser une terre viable.

L'Arbre des possibles nous aiderait à prendre des décisions rationnelles et non plus émotionnelles.

L'Arbre des possibles serait immense, en largeur et en profondeur. Si on devait le dessiner, on obtiendrait probablement une arborescence qui couvrirait une très vaste étendue.

C'est pourquoi ce matin j'ai imaginé d'utiliser un programme informatique capable de représenter toutes les branches et de les visiter.

J'ai pensé qu'il serait possible de se servir d'un moteur un peu similaire à ceux de ces programmes de jeu d'échecs qui prévoient plusieurs coups à l'avance et leurs réponses probables.

Il suffirait d'introduire un facteur dans le programme pour que la machine calcule son implication sur tous les autres facteurs. En quoi la feuille : « Si l'on réduisait le temps de travail » peut-elle agir, même indirectement, sur la feuille : « Si une Troisième Guerre mondiale éclatait », ou : « Si la mode des minijupes revenait » ?

Ce matin, j'ai imaginé que l'Arbre des possibles était installé sur une île, dans une grande bâtisse, avec au centre un ordinateur, entouré par des salles de réunion, de discussion, de détente. Les spécialistes du savoir seraient enchantés de venir l'arroser de leurs connaissances lors de courts séjours.

J'ai pensé au plaisir qu'auraient ces chercheurs à réduire la violence future et à assurer le confort des générations suivantes.

Bon, c'est une idée comme ça, que je lance en l'air. Je pense que ce soir je dormirai mieux, et j'essaierai d'en trouver d'autres.

Le mystère du chiffre

$1 + 1 = 2$

$2 + 2 = 4$

Jusque-là nous sommes bien d'accord.

Alors continuons.

$4 + 4 = 8$

$8 + 8 = 16$

et

$8 + 9 = ...$

Il se massa les tempes.

— Eh bien ? demanda la voix.

— Ah, là, tu commences à avoir des doutes, n'est-ce pas ? $8 + 9 = ?$

Vincent grimaça. Combien pouvaient faire $8 + 9$? Il avait certes quelques intuitions sur le problème. Par les cornes du Grand Nombre ! On le lui avait dit. Il devait s'en souvenir. $8 + 9 = ...$

Soudain une clarté traversa son esprit.

— 17 !

Il n'y avait plus d'autre question.

— Bon. C'est vrai. $8 + 9 = 17$.

Sous le grand dôme de l'église du Chiffre, le « 17 » résonna plusieurs fois.

17.

Un chiffre étrange. Il se décompose mal. N'est pas vraiment sympathique. Pourtant, il est l'addition de 8 + 9.

Vincent avait trouvé. Il faisait donc partie de l'élite mondiale. L'homme à la voix grave, assis en face de lui sur un trône multidimensionnel, se nommait Egalem Sedeuw. Il dirigeait le grand monastère gouvernemental du Chiffre. Ce n'était pas n'importe qui. Il portait le titre le plus élevé dans la hiérarchie des moines-soldats puisqu'il était archevêque-baron.

Il se pencha en avant et leva un doigt.

— Un jour, je t'apprendrai quelque chose de terrible, déclara-t-il avec l'expression d'un grand-père promettant une friandise.

— Qu'ai-je encore à découvrir ? demanda Vincent.

— Je t'apprendrai combien font 9 + 9. Cela tu l'ignores, n'est-ce pas ?

Le jeune Vincent fut interloqué.

— Mais personne ne sait combien peuvent faire 9 + 9 !

— Certes, peu le savent, mais moi je le sais. Et nous sommes une centaine sur cette planète à le savoir. 9 + 9 donnent un nombre. Un nombre extraordinaire, un nombre très intéressant, assez surprenant, ma foi.

Vincent se jeta à ses genoux. Il était ému.

— Oh, Maître, enseignez-moi vite ce grand mystère.

Egalem Sedeuw le repoussa du pied.

— Tu le sauras un jour, mais pas tout de suite. Quel est ton grade déjà ?

— Je suis prêtre-chevalier.

— Quel âge as-tu ?

— J'ai la moitié du temps de vie.

— Et tu sais compter jusqu'à 17. C'est bien.

Le prêtre-chevalier baissa les yeux. Il reconnut qu'il n'avait appris que depuis peu l'existence du nombre 17.

L'archevêque-baron se pencha en avant, un sourire malicieux aux lèvres.

— Sais-tu jusqu'à quel nombre s'étend ma pensée ?

Vincent tenta de répondre de son mieux.

— Je ne suis pas capable d'imaginer votre sagesse et votre science. Je suppose seulement qu'il doit exister des nombres au-delà de 17 et que vous les connaissez.

— Exact. Ils ne sont pas très nombreux mais ils existent. Et un jour, toi aussi tu les connaîtras ! Reviens demain et je te confierai une grande mission. Si tu la réussis, je te donnerai la résultante de 9 + 9.

Quel honneur ! Un pas en avant. Étreint par une émotion irrépressible, le prêtre-chevalier retint une larme. Son maître lui indiqua qu'il pouvait maintenant se lever et partir.

Vincent galopait sur son cheval et il se demandait combien pouvaient bien faire 9 + 9. Sûrement un nombre gigantesque avec peut-être des implications surprenantes. Ses étriers effleuraient les flancs de son destrier. Son oriflamme claquait au vent avec le symbole du chiffre. Un. Il se sentait heureux d'être moine et d'être savant.

Il avait découvert 17 presque par hasard. Une rixe s'était déclenchée dans une taverne, il avait dégainé son épée et combattu une bande de pillards qui s'attaquaient à un vieillard. L'homme était blessé. Vincent n'avait pu lui sauver la vie. Le vieillard perdait son sang à gros bouillons mais il eut la présence d'esprit de le remercier et, en signe de gratitude, il lui révéla que « 8 + 8 = 16 ». Le vieillard ignorait que Vincent était prêtre-chevalier. Il s'attendait à ce que celui-ci lui baise les orteils. Le secret du 16 était rare. Or Vincent expliqua qu'il possédait déjà une grande culture et qu'il savait depuis longtemps que 8 + 8 = 16.

À ce moment, le vieil homme blessé qui agonisait lui prit le bras et lui chuchota à l'oreille :

— Peut-être, mais sais-tu combien font 8 + 9 ?

8 + 9, c'était au-delà de son initiation. Alors, juste avant son dernier soupir, le mourant avait articulé :

— 17 !

Et voilà qu'à une semaine d'intervalle, comble de chance, le grand archevêque-baron Egalem Sedeuw le convoquait et se proposait de lui apprendre combien faisaient 9 + 9 !

Le niveau au-dessus.

Plus haut, toujours plus haut dans la conscience élargie.

En quelques jours, il avait compris ce que certains n'effleuraient même pas durant toute une vie.

Il sourit. Vincent aimait résoudre les mystères.

Il galopa de plus belle et rejoignit sa femme, Septine, une intellectuelle de la dernière génération, qui savait compter jusqu'à 12, ses enfants qui comptaient à peine jusqu'à 5, et ses propres parents qui n'étaient jamais parvenus à franchir la barre du 10.

En tant que prêtre-chevalier, Vincent était riche. Tout le monde dans la ville se devait de respecter ceux qui savaient compter au-delà de 15.

Il conversa avec sa femme et s'amusa avec ses enfants qu'il éduquait de son mieux, mais il n'avait plus rien à dire à ses parents dont la pensée limitée sous 10 empêchait tout dialogue. S'ils apprenaient qu'il existait 11 et 12 et 13 et 14, ils en seraient complètement bouleversés.

Vincent vivait dans une société où tout était fondé sur les chiffres. Plutôt que d'étudier les matières par thème ou par chronologie, on les apprenait par le biais des chiffres et ce, dès la maternelle.

Connaître à fond un chiffre constituait l'objectif d'une ou plusieurs années scolaires. Et dans cette notion de chiffre, les professeurs incluaient la géographie, l'histoire, les sciences. Bref, tout, y compris la spiritualité.

Maîtriser un chiffre n'était pas une mince affaire. Dès son plus jeune âge, les maîtres avaient commencé à initier Vincent à la puissance du chiffre 1. Il connaissait tout du chiffre 1.

1 incarne l'univers où l'on vit.

Tout est dans l'univers, tout est en l'unité.

1 représente le départ de tout. Le big bang. C'est aussi le continent unique avant sa division.

1, c'est la fin de tout. La mort. Le simple revient au simple.

1 symbolise la prise de conscience de la solitude. On est toujours seul, on est toujours « un » dans la vie.

1 personnifie la prise de conscience du « moi ». Chacun est unique.

1, c'est aussi le monothéisme. Il y a au-dessus une force supérieure qui regroupe tout.

1 étant le chiffre le plus important, Vincent en avait étudié les multiples facettes pendant plusieurs années. Puis on lui avait enseigné la notion de 2.

2 découle logiquement de 1.

2, c'est la division. La complémentarité.

2 représente le sexe opposé, le féminin qui complète le masculin.

2 incarne l'amour.

2 symbolise la distance entre soi et le reste du monde.

2 exprime le désir de posséder ce qui est différent.

2, c'est ne plus se soucier uniquement du soi 1.

2 personnifie l'antagonisme avec les autres.

2 est donc aussi la guerre. Le bien et le mal, le noir et le blanc, la thèse et l'antithèse. Le yin et le yang. L'endroit et l'envers.

2 prouve que toute chose est divisible. Que ce qui est bon recèle un effet pervers mauvais. Et que ce qui est mauvais a un effet pervers bon.

2 incarne le choc effervescent des contraires qui aboutit à...

3. Quelques années plus tard, Vincent avait appris le sens du chiffre 3.

3 représente la division de tout en thèse, anti-thèse, synthèse.

3 est l'enfant produit par l'union du 1 et du 2.

3 forme le triangle. 3, c'est l'observateur de la bataille du 1 contre le 2.

3, c'est la troisième dimension : le relief. Le monde prenait du volume grâce à ce chiffre.

3 déclenche et dynamise les rapports entre le 1 et le 2. Ce qui est en 3 évolue vers le haut mais doit être canalisé.

Il passa au 4, le 4 qui temporise le jeu.

4 équilibre les forces, compense l'effet du 3.

4, c'est la fortification, l'appartement carré, le château carré.

4 symbolise le couple d'enfants ou le couple d'amis qui se joint au couple tout court. Toute vie sociale ne peut démarrer qu'à 4.

4 va enclencher le village et donc la vie sociale.

4, ce sont les quatre points cardinaux.

4 personnifie la recette du quatre-quarts, le gâteau le plus simple.

4, ce sont nos quatre membres, qui nous permettent d'agir sur la nature. 4, c'est la sécurité, et il évolue donc vers...

5, le chiffre sacré.

5 représente le toit pointu qui recouvre la maison carrée.

5 désigne les doigts de la main unis pour se transformer en poing, les cinq orteils qui assurent la verticalité du corps.

Ainsi avait été éduqué le très bon élève, le moine-soldat Vincent. Il avait appris peu à peu, année après année, l'évolution du monde en suivant l'évolution des chiffres. Il connaissait la magie du 6, qui équilibre les constructions, la perversité du 7, chiffre qui règne sur toutes les légendes. Il avait découvert la puissance du 8, chiffre des géométries parfaites. Il aimait le 9, chiffre de la gestation.

Normalement, la plupart des enfants scolarisés apprennent à compter jusqu'à 9, mais lui, enfant surdoué, avait aussi été initié au 10, et donc avait franchi le monde des chiffres pour passer à celui des nombres. Vincent avait ainsi découvert le 11, qui se lit dans tous les sens, puis le 12, le chiffre des juges. Il adorait tout particulièrement ce dernier divisible par 1, par 2, par 3, par 4, par 6 ! Il avait été initié au 13, le chiffre du Mal, et puis aux 14, 15, 16. Sans parler du 17, le chiffre qu'on apprend en tentant de sauver les vieillards dans les tavernes.

Savoir compter aussi loin l'avait évidemment propulsé au sommet des administrations ecclésiastiques qui régissaient le pays. Il était désormais prêtre-chevalier. Dès seize ans, il avait rejoint un monastère où on lui avait enseigné le métier d'espion polyvalent.

La seconde fois qu'il s'inclina devant l'archevêque-baron Egalem Sedeuw, ce dernier lui sembla fatigué, pourtant le vieil homme avait toujours son regard perçant, et il ne cacha pas son contentement de revoir sa jeune recrue. Il jouait avec une longue pipe qu'il s'amusait à allumer et à éteindre.

— La mission que je vais te confier est délicate. Beaucoup y ont laissé la vie. Mais tu sais compter jusqu'à 17, tu es donc suffisamment débrouillard pour réussir.

— Je suis à vos ordres.

Le vieux moine guida Vincent vers un lieu surélevé qui offrait un panorama unique sur les jardins de cyclamens et de bougainvillées.

— Il est arrivé un « incident ». Quatre prêtres-chevaliers sont devenus hérétiques. Ils sont actuellement en fuite mais ils ont été repérés dans la ville de Parmille.

— Des prêtres-chevaliers ? De quel niveau ?

— Tu voudrais savoir s'ils comptent plus haut que toi, n'est-ce pas ? Eh bien oui, ils possèdent davantage de connaissances que toi et ils savent parfaitement combien font 9 + 9.

Vincent était plutôt surpris que des gens connaissant la résultante de 9 + 9 se laissent aller à choisir l'hérésie !

Il en fit la remarque. Le sage le prit par les épaules.

— Vincent, savoir trop de choses peut rendre fou. C'est pour cette raison que la connaissance numérique n'est pas répandue équitablement entre les hommes. C'est pourquoi on n'apprend pas aux enfants les chiffres qui dépassent le cap de la dizaine. Chaque chiffre, chaque nombre possède une puissance, mais une puissance difficile à contrôler. Ce sont comme des boules d'énergie capables de lâcher la foudre. Il importe de canaliser cette énergie, sinon elle se retourne contre soi et l'on risque d'être mortellement brûlé.

— Je sais cela, Maître.

— Et plus le chiffre est élevé, plus il peut devenir dangereux pour celui qui le manipule mal.

Le discours donna à réfléchir à Vincent. En effet, tout le monde n'était pas capable de saisir l'intérêt de compter au-dessus de 10. Ses propres parents auraient été bien en peine d'imaginer 11 ou 12. Heureusement, cette responsabilité leur était épargnée. En revanche, lui, Vincent, était désormais lancé dans une quête du savoir numérique. Bientôt, il saurait combien font 9 + 9.

Toujours plus haut, toujours plus loin. Il se rendait bien compte que connaître les chiffres, puis les nombres élevés le grisait chaque jour davantage, mais ne réalisait pas encore les dangers de ce savoir. Un souvenir lui revint pourtant à l'esprit.

Il avait vu des gens s'entretuer parce qu'ils manipulaient n'importe comment des chiffres inférieurs à 15.

— Ces moines hérétiques ont aussi tué. Il faut retrouver ces assassins, dit l'archevêque-baron.

Egalem Sedeuw présenta les portraits des prêtres-chevaliers meurtriers. Ils n'avaient pas l'air d'assassins, mais à quoi ressemblent des assassins ? Vincent vit ensuite ceux de leurs victimes. Était-il possible que des hommes sachant ce que produit $9 + 9$ se livrent à de telles violences ?

— Ne te fie pas aux apparences. Élimine-les. N'aie aucune pitié pour ces scélérats. Et surtout, ne leur parle pas.

Quelques heures plus tard, Vincent revêtit sa tenue de prêtre-chevalier, se munit de son arc, puis chevaucha en direction de la ville de Parmille où la présence des tueurs avait été signalée.

Le voyage fut long et fatigant.

Il dut changer plusieurs fois de monture.

Enfin, la cité et ses hauts donjons s'élevèrent devant lui. Parmille.

À son arrivée, il fut emporté par le tourbillon d'un carnaval. Certes il savait qu'aujourd'hui se fêtait un peu partout la découverte de la multiplication, mais il ne s'attendait pas à tant de liesse.

« $3 \times 2 = 6$ » avait été trouvé depuis longtemps mais les peuples continuaient à célébrer l'événement. La fête de la multiplication était d'ailleurs aussi appelée fête de l'amour car c'est en faisant l'amour qu'hommes et femmes parviennent aussi à se multiplier.

Au milieu de la foule, Vincent distingua soudain un visage. C'était l'un des quatre prêtres-chevaliers dont il avait vu les portraits. L'affaire se présentait bien. Sans même chercher, il en avait déjà trouvé un. Il brandit son arc et, sans hésiter, décocha une flèche qui frôla sa cible sans l'atteindre. L'homme déguerpit à toutes jambes. Vincent le poursuivit. Il tira une autre flèche qui se planta dans un masque en bois.

Le « tueur » profita de ce répit pour rejoindre une procession de vierges qui gagnaient une estrade afin de participer au concours de la reine de la multiplication.

Dans l'incapacité de viser au milieu du groupe, Vincent n'eut plus qu'à attendre la fin de cette compétition stupide.

Une à une, les vierges étaient présentées à de gracieux jeunes hommes. Celles qui ne choisissaient pas assez vite leur cavalier devaient se contenter de ceux que n'avaient pas élus leurs compagnes — le rebut en quelque sorte.

Dès la fin du spectacle, Vincent opéra un tir tendu et, cette fois, fit mouche. La flèche frappa l'homme en plein dos et lui traversa le thorax de part en part.

Vincent avait réussi, il s'approcha de sa victime qui gisait sur le sol.

Avant de mourir, l'homme lui fit signe de se pencher vers lui. Il plaqua sa bouche contre son oreille et, difficilement, articula :

— Les nombres... les nombres vont plus loin... les nombres vont plus loin que...

L'homme se crispa, lâcha prise et s'effondra dans un sursaut d'agonie.

Vincent récupéra sa flèche et l'essuya. Des badauds commençaient à s'attrouper autour de lui mais quand ils remarquèrent ses insignes de prêtre-chevalier, ils s'écartèrent avec respect.

Le corps fut évacué. Le carnaval reprit de plus belle.

Vincent examina les photos.

Trois autres victimes, et Sedeuw lui enseignerait combien font 9 + 9.

Justement, voici qu'au loin apparaissait un autre visage recherché. L'homme, insouciant, lançait gaiement des confettis sur des femmes déguisées en oiseaux. Vincent tira sa flèche et de nouveau rata sa cible. Comme la première fois, l'homme prit la fuite.

Le prêtre-chevalier partit à sa poursuite mais l'homme l'entraîna dans une impasse. Confiant, Vincent s'avança pour achever sa besogne mais, avant qu'il eût pu armer son arc, il s'écroula, assommé par quelqu'un qui s'était tenu caché sous un porche.

Lorsqu'il reprit ses sens, Vincent était ligoté et les trois prêtres survivants se tenaient face à lui.

— Il a tué Octave, déclara l'un, cet individu est sans pitié.

— Méfic-toi, conseilla le deuxième au troisième. C'est peut-être un spécialiste du maniement des armes et de la lutte au corps à corps.

Le troisième fouillait les poches de sa robe de bure et en tirait des documents calligraphiés.

— Il se nomme Vincent et c'est un prêtre-chevalier d'échelon 17.

— Eh bien, l'archevêque-baron doit vraiment tenir à notre trépas pour nous envoyer quelqu'un de ce calibre, remarquèrent les deux autres.

Vincent se cala sur un coude.

— Je sais que vous êtes encore plus chevronnés que moi, dit-il calmement. Vous savez combien font 9 + 9.

Tous trois éclatèrent de rire.

— Qu'est-ce qui vous amuse tant ?

Ils continuaient à s'esclaffer.

— 9 + 9. Nous savons combien font 9 + 9. Ha ! Ha ! Ha !

— Mais enfin, qu'y a-t-il de si drôle là-dedans ?

L'un des assassins, un petit gros au visage poupin, se pencha vers lui en souriant.

— Nous en savons beaucoup plus long que cela !

— Vous voulez dire que vous savez combien font 10 + 9 ?

Le plus grand se tenait les côtes.

— Bien sûr, et c'est pour cela qu'Egalem Sedeuw t'a chargé de nous tuer. Nous, nous avons compris le sens des chiffres et des nombres.

— Nous en connaissons tant qu'il s'en est effrayé.

— Vous êtes des meurtriers et je sais que vous avez tué des moines.

Ils se calmèrent soudain et le dévisagèrent avec pitié.

— Ça, c'est la version officielle que l'archevêque-baron t'a donnée pour te convaincre de te lancer à nos trousses, expliqua le grand. En fait, nous n'avons trucidé personne. Notre crime est bien plus grave. Nous sommes allés trop loin dans la compréhension des choses.

Ils se présentèrent. Le petit gros se nommait Sixtin, le grand maigre Douzin, et le frisé, Troyun. Ils racontèrent à Vincent leur version de l'histoire.

Un jour, Egalem Sedeuw leur avait demandé d'enquêter sur un animal. Une équipe d'archéologues avait en effet retrouvé sur une pièce datant d'une période fort ancienne par rapport à la civilisation présente le tracé d'un animal étrange ressemblant à une gazelle.

Sixtin sortit de sa poche une boîte en bois allongée, qu'il ouvrit. À l'intérieur, un écrin renfermait une plaque de fer sur laquelle était représenté un animal vu de profil. Sa tête portait des cornes, il avait quatre pattes et une queue.

— Nous avons longtemps étudié cet animal, nous l'avons cherché sur tout le globe. Egalem Sedeuw pensait qu'il s'agissait d'un monstre.

— Mais ce n'était pas cela.

— Il s'agissait d'un...

— Non, ne le lui dis pas tout de suite, le retint Troyun.

— Mais si on ne le lui explique pas, il continuera à nous pourchasser.

L'autre se résigna.

— Ce n'était pas le dessin d'un monstre, mais d'un nombre qui dépasse tout ce qu'on connaissait jusque-là.

Instinctivement, Vincent eut un mouvement de recul.

— Impossible.

— Regarde bien, prêtre-chevalier, les cornes constituent deux chiffres 6, les pattes avant, deux chiffres 7. Le ventre est composé de deux 0, les pattes arrière de deux 9 et la queue d'un 6.

Le regard de Vincent fixait le dessin étrange. Il ne voyait qu'une gazelle parce que ses yeux refusaient d'associer toutes ces formes autrement. Certes, si on isolait la tête de la chèvre, on pouvait y discerner une lointaine association avec le chiffre 6. De toute manière, il était inconcevable de coller tous ces chiffres aussi près les uns des autres. Seul le 1 peut être accolé à un autre afin de former une dizaine.

Sa vision se brouilla tandis que les autres continuaient de lui expliquer leur découverte archéologique. Vincent tenta une faible défense. Il suffisait d'isoler chaque partie pour voir la vérité. Ce n'étaient que des chiffres accolés et rien d'autre.

— Eh bien, nous avons là deux 6, deux 7, deux 0, deux 9 et un 6, rien de nouveau !

Douzin lissa la pièce du doigt :

— Non, il faut comprendre ce dessin dans sa totalité. Cet animal est... un « nombre » !

Un nombre...

Vincent reprit confiance. Ces gens étaient fous.

— Un nombre de plus de deux chiffres, cela ne veut rien dire. Au-delà des dizaines...

Le grand maigre insista :

— Non pas des dizaines, mais de plusieurs dizaines de dizaines de dizaines.

— Je ne comprends rien à ce que vous dites.

— Tu sais compter jusqu'à combien ?

— 17.

— Bravo, tu es loin d'être un imbécile. Tu es donc capable d'intégrer notre découverte. Jusqu'à présent, nous restreignions notre imagination à la progression des premiers chiffres. Lorsque l'homme a découvert le 15, il s'est mis à penser jusqu'à 15 ! Puis l'homme a progressé et il a découvert le 16 puis le 17 puis le...

— Vous savez compter au-delà de 17 ?

— Bien sûr.

— Dans ce cas, pourriez-vous me dire combien font 9 + 9 ?

— Certainement.

Les moines hors-la-loi s'amusaient de son ignorance. Ils se moquaient de lui. Vincent avait la désagréable impression que ces moines avaient découvert quelque chose qu'il ignorait.

Ils firent durer cet instant de doute puis décla-
mèrent :

— 9 + 9 = ... 18.

C'était donc cela 18, 1-8. 18, divisible par 9,
par 6, par 3, par 2, par 18, par 1. Quel beau
chiffre !

Vincent était en pâmoison devant cette révélation, quand le petit gros poursuivit :

— Mais ce n'est pas tout. Nous savons aussi
combien font 9 + 10 et même 10 + 10 et même
10 + 11.

Cette fois, c'en était trop.

— Je ne vous crois pas. Rien n'existe au-delà
des dizaines.

— Et pourtant si, il y a vingt. Deux fois 10 = 20.

Vincent eut envie de se boucher les oreilles.
C'était vraiment trop, trop de savoir, livré trop
vite. La tête lui tournait.

Troyun s'approcha.

— Voici ce que nous avons découvert grâce à
l'animal qui ressemble à une chèvre ou à une
gazelle et qui pourtant n'est qu'un nombre. Un
immense continent de connaissances s'ouvre
devant nous. Nous n'y avons parcouru qu'un tout
petit chemin.

— 66770099[6] a été dessiné par des hommes
pleins de savoir (peut-être des hommes du futur
revenus visiter leur passé). Ils ont oublié au passage
cet objet et nous ont ainsi révélé que l'homme du
futur sait compter jusqu'à 66770099[6] !

Vincent poussa un cri de douleur. Il avait l'impression qu'une grande porte s'ouvrait dans son cerveau, libérant les trois quarts des possibilités qui se tenaient jusque-là compressées dans un recoin de son cortex.

Il pleurait. Les autres détachèrent ses liens et l'aidèrent à se relever. À présent il pouvait se tenir debout ; dans sa tête aussi, il était prêt à affronter l'étendue infinie des chiffres qui dépassent les dizaines.

— 66770099[6], évidemment... Ce n'est pas une chèvre, mais un nombre.

Vincent s'approcha de la fenêtre. Il était saoul de savoir. Il venait de recevoir d'un coup, en pleine cervelle, une tonne de cet enseignement qu'on lui avait distillé jusque-là au compte-gouttes.

Il contempla sa robe, marquée des insignes du monastère du Chiffre. Puis il regarda par-delà la vitre un horizon sans fin, un monde rempli de nombres sans limites, et vacilla sous la sensation de vertige.

Le plafond de son esprit venait de s'élever. Ainsi, toutes ces connaissances que des scientifiques bardés de diplômes impressionnants et de titres intimidants lui avaient accordées comme autant de bijoux précieux n'étaient encore que des prisons. Il avait remercié humblement chaque fois qu'ils lui avaient allongé un tout petit peu sa laisse, mais ce n'était qu'une laisse.

On peut vivre sans laisse.

On n'a pas besoin d'être scientifique patenté pour savoir. Il suffit d'être libre. L-I-B-R-E.

Il n'existe qu'une science, se dit-il, la science de la liberté, de la liberté de penser par soi-même, sans moule préconçu, sans chapelle, sans maître, sans aucun a priori.

17 ne désignait pas un niveau de noblesse dans une stricte hiérarchie, 17 ne constituait pas une prouesse d'intellectuel, 17 était sa prison. Ce qu'il croyait posséder de richesse n'était qu'une minable information sur les prémices de l'étendue infinie des chiffres et des nombres. Il croyait connaître un continent et n'en avait foulé que la rive.

Vincent fixa l'horizon et ôta sa robe de bure. Il ne souhaitait plus être moine-soldat. Désormais, il était un esprit libre. Libre de penser le monde au-delà de toutes limites chiffrées ou numériques. Sa pensée pouvait sortir de son crâne et jouer avec l'infinité des nombres.

Les trois autres le serrèrent dans leurs bras.

— Nous sommes désormais de nouveau quatre à savoir, frère Vincent, et dès que les moines du Chiffre apprendront que tu as failli, ils te considéreront comme un nouvel hérétique et nous dépêcheront de nouveaux tueurs.

Vincent ne revit plus jamais l'archevêque-baron, ni sa famille, ni ses enfants. Il rencontra une princesse, Quatrine, à qui il révéla le secret des nombres sans fin, et il eut des enfants avec elle. À tous, il enseigna que la pensée, comme les chiffres, n'admet aucune prison.

C'est ainsi que Vincent devint un chef hérétique.

La ville de Parmille se souleva contre l'archevêché et établit un gouvernement autonome, avec
ses propres valeurs. Ils adoptèrent pour symbole
la tête de gazelle aux longues cornes. Au sein de
cette minuscule nation furent enseignés les
nombres au-delà de 20.

Conséquence : le petit État fut rapidement mis
au ban des nations.

Une énorme armée fut montée pour le détruire
mais les citoyens s'organisèrent et, grâce à leur
courage et leur détermination, ils parvinrent à
repousser les troupes ennemies.

L'archevêché décida de changer de tactique. À
défaut de prendre la ville, il suffirait d'en réduire
l'influence.

D'abord, lui dénier toute légitimité à exister et
empiéter peu à peu sur son territoire. Puis, créer
sur son flanc une autre nation qui, elle, clamerait
haut et fort qu'il n'existait rien au-dessus du
chiffre 10.

C'était la réponse du berger à la bergère.

Ce peuple se nomma les Dixcalifieurs. Ils inter-
dirent à quiconque d'évoquer des chiffres supérieurs à 10. « Le Dix est le plus Grand. Et rien
n'est au-dessus. » Telle fut leur devise.

Comme la pensée parmillienne se répandait lentement, tant elle était difficile à admettre par des
esprits en friche, les Dixcalifieurs reçurent le soutien de tous les organismes officiels, de tous ceux

qui avaient intérêt à maintenir les populations dans l'ignorance.

Un peu partout, on assista à l'assassinat de ceux qui connaissaient le 11, le 12, le 13, le 14 ou le 15.

Vincent se rendit compte que la poussée vers le haut qu'il avait voulu initier avait provoqué par contrecoup un déferlement de fanatisme en faveur d'un retour à l'ignorance.

Les Dixcalifieurs ne dissimulaient plus leur dessein. Vague de violence à l'appui, ils contraindraient tous ceux qui pensaient au-delà de 10 à se taire ou se tapir dans quelque recoin.

L'État parmillien tint bon malgré les injustices et les massacres dont il était victime. Ses citoyens continuaient à étudier les chiffres et découvraient des merveilles, comme la magie de Pi ou du Nombre d'or. Ils comprirent les possibilités des nombres irrationnels et touchèrent à l'infini en divisant un jour un nombre par zéro.

Simultanément, la terreur des Dixcalifieurs s'amplifia. De plus en plus de citoyens s'inclinèrent devant elle, la peur étant un moteur bien plus puissant que la curiosité, la lâcheté un sentiment facile à partager. Et puis les Dixcalifieurs étaient passés maîtres en désinformation. Non seulement ils assassinaient, mais ils accusaient ensuite les Parmilliens de leurs propres méfaits. Et personne n'osait les contredire. Même au sein de l'archevêché plus personne n'évoquait l'existence des nombres au-delà de 10 : « TOUS ÉGAUX, TOUS DANS

L'OMBRE DU 10 », était-il inscrit sur les murs de la ville. Et aussi : « MORT AUX HÉRÉTIQUES PARMILLIENS. »

Parmille se retrouva isolée du reste des nations, comme frappée d'une maladie contagieuse, la maladie du savoir.

Nul ne soutenait la cité, mais elle existait, et avec elle l'étincelle de la connaissance des nombres se perpétuait. Même limitée à une population de plus en plus réduite.

Ce ne fut que bien plus tard, alors qu'il était déjà vieux et fort chenu, que Vincent fut assassiné en pleine rue par un Dixcalifieur fanatique.

En tombant, il eut une dernière pensée :

« Dans le combat humain pour l'élévation de l'esprit, il ne suffit pas de monter le plafond, il faut aussi empêcher le plancher de s'effondrer. »

Le chant du papillon

— C'est strictement impossible ! On ne peut pas lancer une expédition vers le Soleil, affirma le secrétaire général de la NASA en éclatant de rire.

L'idée était vraiment saugrenue. Une expédition vers le... Soleil !

L'homme assis à sa droite, officier responsable des missions de la NASA, se voulut plus conciliant.

— Il faut reconnaître que le secrétaire général a raison. Il est impossible de voyager vers le Soleil. Les astronautes se calcineront dès qu'ils approcheront de la périphérie.

— Impossible n'est pas terrien, avait rétorqué le petit homme replet qui répondait au nom de Simon Katz.

Et il fouilla dans sa poche gonflée, à la recherche de cacahuètes salées qu'il grignota avec décontraction.

Le secrétaire général de la NASA leva un sourcil inquiet.

— Vous voulez dire, professeur Katz, que vous avez vraiment l'intention de lancer une expédition d'astronautes vers le Soleil ?

Simon Katz resta impassible. Puis répondit :

— Il faudra bien un jour que ce voyage se fasse. Après tout le Soleil est l'objet que nous voyons le mieux dans le ciel au-dessus de nous.

Le petit homme déploya une carte où était dessinée une trajectoire de vol.

— La distance de la Terre au Soleil est de 150 millions de kilomètres. Cependant, grâce à nos nouveaux réacteurs nucléaires à fusion, nous pourrions y être en deux mois.

— Le problème n'est pas la distance mais la chaleur !

— Le flux d'énergie libéré par le Soleil est de 10^{26} calories par seconde. Équipés de gros boucliers thermiques, on devrait pouvoir s'en protéger.

Cette fois, les deux officiers parurent impressionnés par tant d'opiniâtreté.

— Je me demande comment une idée pareille a pu vous traverser l'esprit ! pesta pourtant l'un des officiers. Aucun humain ne saurait envisager de foncer vers une fournaise. Le Soleil ne peut être visité. C'est une telle évidence que j'ai honte de l'exprimer à haute voix. Nul ne l'a jamais fait et nul ne le fera jamais, je peux vous le certifier.

Simon Katz, qui mâchouillait toujours des cacahuètes, ne se décontenança pas.

— J'aime tenter ce que nul n'a tenté avant moi... Même si j'échoue, notre voyage permettra aux expéditions suivantes de disposer d'informations inédites.

Le secrétaire tapa du plat de la main sur la grande table d'acajou de la salle de réunion.

— Mais bon sang, souvenez-vous du mythe d'Icare ! Ceux qui tentent d'approcher du Soleil se brûlent les ailes !

Le visage de Simon Katz s'éclaira enfin.

— Quelle excellente idée ! Vous venez de trouver le nom de notre vaisseau spatial. Nous le baptiserons *Icare*.

L'expédition Icare comprenait quatre personnes. Deux hommes, deux femmes : Simon Katz, pilote de chasse chevronné et diplômé d'astrophysique, Pierre Bolonio, un grand blond spécialiste en biologie et en physique des plasmas ; Lucille Adjemian, pilote d'essai de fusée, et Pamela Waters, bricoleuse et astronome spécialiste en physique solaire. Tous étaient volontaires.

La NASA avait fini par céder. Si les caciques de la profession croyaient la chose impossible, ils se disaient aussi que les programmes paraîtraient plus « complets » s'ils incluaient dans leurs recherches une expédition vers le Soleil. Après tout, ils avaient déjà financé l'envoi d'une sonde vers d'improbables extraterrestres, ils n'en étaient donc pas à une fantaisie près.

Simon et son équipe reçurent les subventions nécessaires. Au début la NASA fit tout pour que l'affaire bénéficie de la plus grande couverture médiatique. Puis les responsables craignirent d'être ridiculisés.

Qu'on se moque de la NASA était la pire chose qui puisse arriver à l'institution. Alors ils avançaient à reculons mais le projet fut finalement mené à son terme. La volonté d'aboutir de Simon Katz était si tenace qu'elle vint à bout de tous les obstacles.

La navette spatiale fut conçue comme un gigantesque réfrigérateur. Une couche de céramique emprisonnait un réseau de tuyaux d'eau réfrigérée par des pompes électriques. La coque était recouverte d'amiante et de matériaux réfléchissants.

Icare, vaisseau spatial de 200 mètres de long, ressemblait à un gros avion-fusée.

Pourtant, la zone habitable fut réduite à un cockpit de 50 m^2 : son épaisseur n'était due qu'au système de protection antithermique.

Le départ eut lieu sous l'œil des caméras internationales. Les premiers cent mille kilomètres se passèrent plutôt bien. Mais Simon s'aperçut qu'il avait eu une mauvaise idée en conservant un hublot dans le cockpit. La lumière solaire brûlait tout ce qu'elle atteignait.

Ils durent improviser des filtres, plusieurs couches même, pour couvrir ce puits d'incandescence. En vain. Malgré les multiples strates de plastique, la lumière solaire parvenait à passer et inondait l'intérieur d'*Icare* d'une clarté aveuglante.

Les quatre membres d'équipage portaient en permanence des lunettes de soleil. L'expédition prit des allures estivales. Soucieux de détendre l'atmosphère, Simon proposa même de remplacer les tenues de travail en toile épaisse par des chemisettes hawaiiennes en coton. Il poussa le souci du détail jusqu'à diffuser en permanence des airs hawaiiens interprétés au ukulélé.

— Personne ne pourra prétendre avoir connu des vacances plus... ensoleillées ! remarqua-t-il avec espièglerie.

Simon savait entretenir le moral de son équipage.

Et ils approchèrent du Soleil.

Le système de réfrigération fut poussé à son maximum et pourtant la chaleur augmentait sans cesse dans la fusée *Icare*.

— Selon mes calculs, dit Pamela en passant le tube de crème à Lucille qui redoutait les coups de soleil, nous sommes entrés dans la zone dangereuse. Il suffirait d'une seule éruption solaire pour que nous soyons grillés.

— Certes il y a toujours une part de chance et de malchance, reconnut Simon. Mais pour l'instant, nous sommes quand même les humains s'étant le plus approchés du Soleil.

Ils regardèrent en direction du hublot. On pouvait discerner des taches solaires à travers l'épaisseur des filtres qu'ils avaient positionnés une fois pour toutes devant le hublot.

— Que sont ces taches ? demanda le biologiste.

— Des zones « légèrement » plus froides. La température y est de 4 000 °C au lieu de 6 000°.

— De quoi griller vite fait une pintade, soupira Pamela, soudain pessimiste malgré son teint hâlé et sa chemise fleurie qui lui donnaient des allures de touriste californienne.

— Croyez-vous vraiment que nous puissions aller plus loin ? demanda Pierre. Pour ma part, j'en doute fort.

Simon reprit ses troupes en main.

— N'ayez pas d'inquiétude, j'ai tout prévu. J'ai embarqué des tenues de vulcanologue capables de résister au contact du plasma en fusion !

— Vous voulez qu'on marche sur le Soleil ?

— Bien sûr ! Pas longtemps certes, mais il faut le faire, ne serait-ce que pour le symbole. Le projet *Icare* est beaucoup plus ambitieux qu'il n'y paraît.

Lucille signala que les champs électromagnétiques inhérents au Soleil étaient à présent d'une puissance telle que les contacts radio avec la Terre étaient perturbés.

— Bon, admit Simon avec fatalisme, nous ne pourrons pas retransmettre d'images en direct. Tant pis, nous diffuserons une vidéo à notre retour. Du moins si elle ne fond pas d'ici là...

Il regarda à travers le hublot bouché. Une éruption solaire se produisait à la surface de la planète en fusion. Comme un grand jet de magma, un crachat que leur lançait l'étoile.

Icare était tellement assailli de rayons lumineux qu'il étincelait comme une étoile. Les astronomes du monde entier crurent d'ailleurs un instant qu'une étoile venait d'apparaître à la périphérie du Soleil, avant d'identifier *Icare*.

À bord, la température ne cessait de monter.

Au début, les quatre membres d'équipage avaient tenu à conserver leurs vêtements, mais bien vite ils furent incapables de supporter le moindre contact avec un tissu. Ils vécurent donc nus, lunettes de soleil sur le nez, comme dans un camp naturiste de la Côte d'Azur, tous quatre de plus en plus bronzés. Par chance, Pamela avait emporté tout un stock de crème protectrice.

Le matin, tout le monde se régalait de toasts. Ils déjeunaient ensuite de brochettes barbecue (un simple contact avec le métal près du hublot suffisait pour les cuire) et, selon ce qui se présentait, d'omelettes norvégiennes, de crème brûlée ou crêpes flambées, et de café chaud. Quant à la machine à glaçons, elle était réglée définitivement sur sa production maximale.

Pierre avait réclamé de grands containers réfrigérés bourrés de crèmes glacées et cette gourmandise devint peu à peu leur principale source d'alimentation.

Lucille recherchait tous les moyens d'apporter un effet de fraîcheur à l'intérieur de l'habitacle. Elle proposait à tout le monde des fleurs de sel à suçoter pour ne pas se déshydrater.

Ils souffraient de la chaleur mais savaient qu'ils

participaient à un événement historique. Et puis, comme disait Simon :

— Certains payent pour passer des heures dans un sauna, nous, nous pouvons en profiter tous les jours.

Ceux qui avaient les lèvres les moins gercées rirent de sa plaisanterie.

Pamela eut l'idée de bricoler des éventails. Lorsque l'on apprécie aussi vivement la moindre baisse de température, un coup d'éventail rafraîchissant est une bénédiction.

Mais plus ils approchaient de l'astre, plus la chaleur les accablait, moins ils parlaient, et moins ils bougeaient.

Sur Terre, leurs exploits passionnaient le monde. On les savait toujours vivants. On savait qu'*Icare* n'avait pas fondu et que son équipage avait même poussé l'ambition jusqu'à vouloir tenter de poser le pied sur l'astre de feu.

Évidemment, les scientifiques avaient longuement expliqué que le Soleil n'avait pas de surface, qu'il ne s'agissait que d'une explosion atomique permanente, mais l'image d'un être humain sortant de la fusée pour frôler les flammes du pied était suffisamment spectaculaire pour impressionner tous les esprits.

Le 23e jour de voyage s'écoula. Simon lui-même n'en revenait pas, mais ils étaient toujours vivants ! Ils examinèrent leurs cartes. Pas de doute, ils avaient déjà franchi 50 millions de kilomètres, il ne leur en restait plus que... 100 petits millions à parcourir.

Ils longèrent Vénus. La planète d'amour était voilée. Malgré sa brillance, on distinguait mal sa surface, derrière l'épaisse atmosphère de vapeurs sulfureuses.

Ils quittèrent la planète blanche. Et le 46e jour de voyage, ils avaient franchi 100 millions de kilomètres, il n'en restait plus que 50 avant l'arrivée.

Ils dépassèrent la planète Mercure et constatèrent que sa surface ressemblait à du verre. Le feu avait dû la faire fondre jusqu'à lui donner cette allure polie de boule de billard.

Ils saluèrent la planète chaude.

— La température de Mercure s'élève à plus de 400 °C, remarqua Pierre.

— Nous ne pourrions y descendre sans nous carboniser comme des papillons qui se brûleraient les ailes en s'approchant trop d'une flamme, rappela Simon.

Face à eux l'étoile titanesque continuait de les narguer. Il n'y avait désormais plus aucun objet céleste entre eux et le Soleil. À bord il faisait plus de 45 °C. Le système de réfrigération avait de plus en plus de difficulté à fonctionner mais ils commençaient à s'habituer à cette chaleur extrême. Ils trouvèrent une sorte de second souffle.

Plus que 10 millions de kilomètres avant l'objectif.

Pierre avait le regard rivé sur le hublot.

— Je rêve de revoir une fois la nuit, marmonna-t-il. Si je reviens jamais sur Terre, j'ai hâte de revivre l'instant où cette énorme lampe cesse enfin d'éclairer. Oh oui, un instant de répit.

Il avala d'un trait sa chope de café bouillant. Sa langue ne percevait plus ni le chaud ni le froid.

— Pour ma part je n'irai plus jamais bronzer sur une plage, déclara Lucille, qui ressemblait de plus en plus à une métisse.

— De toute manière je pense que ce genre de bronzage tiendra longtemps après la fin des vacances, plaisanta Pamela, à la peau encore plus foncée.

— Dis donc, tu n'avais pas les cheveux lisses avant le départ ? interrogea Lucille.

— Si, pourquoi ?

— Tu es frisée comme un mouton.

Ils éclatèrent d'un rire économe mais nerveux. Ils se regardèrent, tous profondément hâlés, les cheveux frisés par l'air sec et chaud, les lèvres démesurément enflées à force d'avoir été écorchées. Quelle allure ! Simon admira les longues jambes galbées et dorées de Pamela et soudain, il eut envie de l'étreindre. Pierre ressentait le même attrait pour Lucille. Ils n'avaient pas connu de contact avec un autre épiderme depuis bien longtemps.

Lorsque le stock d'esquimaux glacés, d'eau à fabriquer des glaçons fut épuisé, le moral baissa dans le cockpit.

Ils avaient eu de la chance jusque-là, mais elle semblait vouloir tourner. Alors que Pamela s'éventait avec force en quête du moindre souffle d'air, l'objet qu'elle tenait en main s'embrasa d'un coup. Lucille vit avec horreur le vernis de ses ongles s'enflammer et dut lui plonger les doigts dans un sac de sable.

Ils n'étaient plus qu'à quelques milliers de kilomètres du Soleil.

À bord, la température grimpait avec régularité. Leurs lunettes noires devenaient insuffisantes face à une si vive lumière.

Lorsque l'engin approcha du Soleil, Simon en sortit une bien bonne :

— Vous ne trouvez pas qu'il fait chaud aujourd'hui ?

Ils en rirent de bon cœur.

Simon décida que leurs premiers pas sur l'astre s'effectueraient dans une zone de taches. Pierre enfila une tenue de vulcanologue, activa le système de réfrigération portatif, puis sortit, brandissant un drapeau terrien. Tous lui souhaitèrent bonne chance. Un filin de sécurité en acier lui permettrait de revenir à n'importe quel moment.

Dans leur talkie-walkie, ils captèrent des paroles historiques :

— Je suis le premier homme à fouler le Soleil et je vais y planter le drapeau de ma planète.

Simon, Lucille et Pamela applaudirent en évitant de frapper des mains pour ne pas provoquer d'échauffement.

Pierre lâcha le drapeau dans le brasier solaire où il s'enflamma aussitôt.

Simon lui demanda :

— Vois-tu quelque chose ?

— Oui... Oui... C'est incroyable... Il... Il... Il y a des... habitants !

Grésillements.

— Ils viennent vers moi...

Ils entendirent un long soupir. Le corps de Pierre venait de s'embraser. À bord, ils ne perçurent, dans leurs tympans asséchés, qu'un *fsschhh* semblable à un froissement de feuilles mortes.

La tenue de vulcanologue n'obtiendrait jamais le label de garantie de la NASA. Ils ramenèrent le filin de sécurité dont le bout était fondu.

Lucille se signa :

— ... Que ton âme monte vers un ciel « noir et froid ».

Ce qui, à cet instant, lui sembla un véritable vœu pieux.

Simon faillit taper du poing sur la paroi de l'*Icare*. Il se ravisa à temps. Éviter tout frottement.

— Je veux en avoir le cœur net, expliqua-t-il.

Il se dirigea vers le placard à vêtements et, du bout des doigts, enfila à son tour une tenue de vulcanologue.

— Ne sors pas, dit Pamela.

— Tu mourras toi aussi, l'avertit Lucille.

— Mais s'il y a vraiment des habitants du Soleil, comment les appeler ? Pourquoi pas des... Soliens ! On recherche vainement depuis toujours des Martiens, des Vénusiens, et les extraterrestres seraient là, dans le point le plus brûlant du ciel. Des Soliens ! Des Soliens !

Simon sortit dans le feu. Il observa de grandes bourrasques de magma orange. Il ne s'agissait ni de gaz ni de liquides, mais de chaleur à l'état pur, intense. À côté de cette chaleur-là, même l'habitacle caniculaire lui semblait maintenant frais.

Sous sa combinaison, sa peau rissolait. Il sut qu'il ne disposait que de quelques minutes pour découvrir les habitants du Soleil. Il avança péniblement dans la limite autorisée par le filin de sécurité. S'il ne se passait rien dans les trois prochaines minutes, il regagnerait le vaisseau. Pas question de se calciner comme Pierre. Simon ne ressentait nulle envie de devenir martyr, il désirait seulement, éperdument, passionnément, se livrer à des expériences scientifiques audacieuses. Or un scientifique mort est un scientifique qui a échoué.

Il consulta avec appréhension sa montre. Elle explosa en une multitude d'éclats en fusion.

Ce fut à ce moment qu'il « les » distingua. Ils étaient là, comme autant de volutes irréelles. Des Soliens. Ils avaient l'apparence de bouffées de plasma animées, de grands papillons aux voilures orange. Ils pouvaient communiquer par télépathie.

Ils s'entretinrent avec Simon, pas assez long-temps cependant pour qu'il s'enflamme. Ensuite le Soleillonaute hocha la tête et retourna vers *Icare*.

— Fantastique, dit-il par la suite à Pamela. Ces êtres de feu vivent sur le Soleil depuis des milliards d'années. Ils possèdent leur langage, leur science, leur civilisation propres. Ils baignent dans le feu solaire sans la moindre gêne.

— Qui sont-ils ? Quels sont leurs modes de vie ?

Simon fit un vague geste de la main.

— Ils m'ont tout raconté en échange de ma promesse de ne rien divulguer aux hommes. Le Soleil doit rester « terra incognita ». Nous devons le protéger des perpétuelles visées expansionnistes des Terriens.

— Tu plaisantes ?

— Pas le moins du monde. Ils ne nous laissent repartir que parce que j'ai juré de garder le secret sur tout ce qu'ils m'ont appris. Je ne me délierai jamais de mon serment.

Simon contempla la lumière crue à travers les protections du hublot.

— Choisir *Icare* pour nommer cette mission était somme toute une idée stupide. Comment s'appelle cet oiseau qui renaît toujours de ses cendres... ?

— Le phénix, dit Pamela.

— Oui, le phénix. L'expédition *Phénix*. C'est ainsi que nous aurions dû la baptiser.

L'ermite absolu

— Depuis ta naissance, tout est déjà en toi. Tu ne fais qu'apprendre ce que tu sais, lui avait expliqué son père.

Tout est en moi. Tout est déjà en moi...

Il lui avait toujours semblé que ce serait en voyageant et en accumulant les expériences qu'il découvrirait le monde. Redécouvrirait-il sans cesse des choses qu'il savait déjà ? qu'il aurait toujours sues ? Cette idée l'obnubilait : tout est déjà en soi... On n'apprend rien, on se révèle à soi-même des vérités cachées. Un bébé serait-il donc déjà un grand sage ? Un fœtus disposerait-il de connaissances encyclopédiques ?

Le docteur Gustave Roublet était un médecin connu, marié, père de deux enfants, estimé de ses voisins, mais l'idée, le simple effleurement de l'idée, que tout est dès le départ en soi l'obsédait.

Il s'enferma dans sa chambre et se mit à méditer. Il ne parvenait plus à penser à autre chose.

Tout serait donc déjà en moi. Tout, se disait-il, cela signifierait que vivre dans le monde ne sert à rien ?

Il se souvenait qu'Hercule Poirot, le héros d'Agatha Christie, parvenait à résoudre bien des énigmes policières sans quitter son fauteuil et ses pantoufles. Gustave Roublet resta donc quelque temps sans sortir de sa chambre. Sa femme, qui respectait ses voyages intérieurs, lui apportait discrètement des plateaux-repas.

— Chérie, lui dit-il, comprends-tu ce qui m'obsède ? Vivre ne sert à rien. On n'apprend rien, on ne fait que redécouvrir ce qu'on sait déjà depuis longtemps.

Elle s'assit auprès de son mari et lui parla avec douceur :

— Excuse-moi, Gustave, mais je ne te suis pas. Je suis allée à l'école et j'ai appris l'histoire, la géographie, les mathématiques, la gymnastique même. J'ai appris le crawl et la brasse. Je me suis mariée avec toi et j'ai appris à vivre en couple. Nous avons eu des enfants et j'ai appris à les éduquer. J'ignorais tout ça avant de le vivre.

Il grignota négligemment un morceau de pain.

— En es-tu certaine ? Ne penses-tu pas qu'en fait, en t'interrogeant, tu aurais pu mettre au jour toutes ces connaissances, même en restant enfermée dans une pièce ? Pour ma part, seul dans cette chambre, il me semble avoir appris, ces derniers jours, davantage de choses qu'en effectuant deux tours du monde.

Elle ne put s'empêcher de le contredire.

— Si tu avais fait le tour du monde, tu saurais comment vivent les Chinois.

— Mais je le sais. Je l'ai découvert en moi. Je me suis demandé comment vivent tous les peuples de la Terre et j'ai reçu, en flashes, des images, comme autant de cartes postales animées de leur vie. Avant moi, des milliers d'ermites ont accompli le même parcours spirituel.

Valérie Roublet secoua sa belle chevelure rousse.

— Je crois que tu te trompes. Lorsque tu vis enfermé, ta vision est forcément limitée. Le réel dépasse l'étendue de ton cerveau. Tu sous-estimes la variété du monde.

— Non, c'est toi qui sous-estimes la puissance d'un seul cerveau humain.

Valérie ne cherchait pas la dispute. Elle ne développa pas des arguments qui lui semblaient évidents. Quant à son mari, il ne reçut plus aucun patient et ne voulut plus rencontrer quiconque, pas même ses propres enfants. Seule sa femme pouvait le voir, à condition qu'elle ne lui apporte aucune information extérieure susceptible de le troubler.

Jour après jour, elle continua à le nourrir, le servir, le soutenir. Même si elle ne partageait pas ses convictions, elle ne troubla pas sa quiétude.

Il devint très maigre.

L'homme ne pourra jamais être libre tant qu'il sera obligé de manger et dormir, se dit-il. Il faut nous sortir de notre condition d'esclaves dépendant du sommeil et de la nourriture.

Il entreprit alors de couvrir de schémas un grand tableau noir. Puis il commanda toutes sortes d'ustensiles électroniques. Gustave réunit plusieurs de ses anciens collègues de travail, et ensemble, ils se livrèrent à quantité de calculs et de mises au point.

Roublet expliqua à sa femme l'expérience qu'il entendait mener :

— Le problème, c'est le corps. Nous sommes enveloppés dans de la chair, remplis de sang et d'os, qui réclament de l'entretien, qui s'usent, qui deviennent douloureux. Il faut protéger le corps, le chauffer, le nourrir, le soigner lorsqu'il est malade. Un corps a besoin de dormir et de manger pour faire circuler son sang. Mais un cerveau a beaucoup moins de besoins.

Elle n'osait comprendre.

— ... L'essentiel des activités de notre cerveau est gaspillé dans des tâches de gestion organiques. L'entretien et la protection de notre corps accaparent notre énergie.

— Mais nos cinq sens...

— Nos sens nous trompent. Nous déformons les signaux qu'ils nous adressent. Soucieux d'interpréter le monde, nous vivons dans une illusion. Notre corps retient notre pensée.

Il renversa un verre et de l'eau coula sur le tapis.

— Il y a le contenant et le contenu, indiqua-t-il. L'esprit et le corps. Mais sans le verre, le liquide continue d'exister et sans le corps, l'esprit est libéré.

Un instant, Valérie se demanda si son mari n'était pas devenu fou.

— Oui, mais se débarrasser de son corps, c'est mourir, objecta-t-elle, désemparée.

— Pas forcément. On peut se délivrer du corps tout en gardant l'esprit, répondit-il. Il suffirait de conserver le cerveau dans un liquide nutritif.

Soudain, elle comprit. Les schémas entassés sur le bureau prenaient un sens.

L'opération se déroula un jeudi. En présence de sa femme, de ses deux enfants et de quelques scientifiques qu'il avait mis dans la confidence, Gustave se retira en lui-même. Pour devenir un ermite absolu, il avait décidé de se livrer à l'ablation chirurgicale la plus radicale au monde, celle de tout le corps.

Avec le plus grand soin, ses collègues ouvrirent la boîte crânienne, comme s'il s'agissait d'un capot de voiture. Ils déposèrent la calotte osseuse dans un bac en aluminium, tel un couvercle inutile. L'organe à penser gisait là, tout rose, tout palpitant, probablement plongé dans les rêves artificiels provoqués par l'anesthésie.

Les chirurgiens déconnectèrent un à un le cerveau de ses dépendances. Ils coupèrent d'abord les nerfs optiques, les nerfs auditifs, puis les carotides irriguant le cerveau. Enfin, ils dégagèrent avec beaucoup de précaution la moelle épinière de la gangue des vertèbres. Ils purent ensuite sortir le cerveau proprement dit, pour le plonger très vite dans un bocal empli d'une substance transparente.

Les carotides pourraient ainsi directement puiser le sucre et l'oxygène dans ce bain vital. Les nerfs auditifs et optiques furent encapuchonnés. Les chirurgiens installèrent un système de réchauffement par thermostat afin de maintenir le cerveau et son bain à température constante. Mais que faire du corps ?

Gustave Roublet avait tout prévu de son vivant.

Dans le testament rédigé préalablement à l'expérience, le docteur avait précisé que son corps ne devait pas être enterré dans le caveau familial. La science l'ayant aidé à se libérer de son poids, il lui rendait la politesse en lui livrant ses quelques kilos de viscères, muscles, cartilages, carcasse, sang et fluides divers. Que les chercheurs en fassent ce que bon leur semblerait.

— Papa est mort ? demanda son fils.

— Mais non. Il est toujours vivant. Il a juste changé... d'aspect, répondit la mère, troublée.

Sa petite fille eut un haut-le-cœur.

— Tu veux dire que maintenant, papa, c'est ça ?

Et elle montra du doigt le cerveau qui baignait dans son liquide nourricier.

— Oui. Vous ne pourrez plus lui parler, ni l'écouter, mais lui, il pense très fort à vous. Du moins, j'en suis convaincue.

Valérie Roublet prit conscience de la situation. Ses enfants grandiraient sans père. Et elle vieillirait sans mari.

— Qu'allons-nous en faire, maman ? demanda

la petite fille en désignant le bocal dans lequel flottait placidement la masse rose gélatineuse.

— Nous allons installer papa dans le salon. Ainsi, nous pourrons quand même le voir tous les jours.

Au début, le bocal trôna, majestueux, au centre de la pièce. Éclairé comme un aquarium, on le respectait pour ce qu'il était : un membre éminent de la famille.

Les enfants s'adressaient de temps en temps à ce qui ressemblait à un gros légume rosâtre en suspension dans le liquide.

— Tu sais, papa, j'ai eu de bonnes notes aujourd'hui à l'école. Je ne sais pas si tu m'entends mais je suis sûr que cela te fait plaisir, n'est-ce pas ?

Valérie Roublet regardait d'un air désabusé ses enfants qui discutaient avec le bocal. Elle aussi se surprenait parfois à parler au cerveau. Elle lui posait notamment des questions sur la manière de tenir les finances du foyer. Gustave était (jadis) si doué dans ce domaine qu'elle pensait qu'une réponse finirait par filtrer au travers du bocal.

Le docteur Roublet, pour sa part, évoluait ailleurs, dans le calme de l'absence de stimulation sensorielle. Il ne dormait pas, ne rêvait pas : il réfléchissait. Au début, naturellement, il se demanda s'il avait pris une bonne décision. Gustave pensa à sa famille, à ses amis, à ses patients, et s'en voulut de les avoir abandonnés. Mais, très vite, le côté pionnier reprit ensuite le dessus, il se livrait à une expérience unique. Tant d'ermites avant lui avaient rêvé de se retrouver dans un tel calme. Même si on le tuait, il ne souffrirait pas. Probablement pas.

Devant lui se déployait l'immense étendue de son savoir, du savoir en général. À lui, le panorama infini de son monde intérieur, le voyage le plus fou qu'on puisse imaginer, la plongée en profondeur.

Et les années passaient. Valérie Roublet vieillissait mais la cervelle rose de son époux n'affichait pas la moindre ride. Les enfants grandissaient, et progressivement le bocal prenait moins d'importance dans leur vie. Lorsqu'un nouveau canapé arriva, on poussa Gustave sans y réfléchir vers le coin du salon, à côté de la télé. Plus personne n'alla lui parler.

L'idée d'installer un aquarium à côté de leur père ne germa que deux décennies plus tard. Au début, cela aurait choqué mais, il faut bien le dire, au bout de vingt ans, on a tendance à considérer un cerveau dans un bocal transparent comme un simple meuble.

Après l'aquarium à poissons, on installa autour de Gustave des plantes, puis une sculpture africaine, puis une lampe halogène.

Valérie Roublet mourut et son fils Francis, pris d'une grande colère, fut tenté de briser le bocal contenant cette cervelle si indifférente. Gustave ne saurait jamais plus ce qui se passait dans le monde. Sa femme était morte et il s'en fichait probablement. Y avait-il la moindre sensibilité dans ce bout de chair ?

Sa sœur Carla le retint à temps, alors qu'il brandissait déjà le bocal au-dessus de l'évier. Cet accès de fureur eut pourtant son effet : Gustave migra du salon à la cuisine.

Et les années passèrent...

Carla et Francis Roublet décédèrent à leur tour. Avant de mourir, Francis dit à son fils : « Tu vois ce cerveau dans ce bocal ? Il appartient à ton grand-père qui réfléchit depuis quatre-vingts ans. Il faut l'aider. Maintiens la température et change de temps en temps le liquide nutritif. De toute façon, il a besoin de très peu de sucre pour fonctionner. Un litre de glucose suffit à l'alimenter six mois durant. »

Et Gustave continua de réfléchir. Il avait mis des décennies à profit pour comprendre bien des mystères. Plus que le recueillement total, l'extraction de son cerveau lui avait permis de prolonger sa vie. Et si le démarrage s'était révélé un peu laborieux, l'efficacité de sa méditation devenait exponentielle. Plus il découvrait de solutions, plus il les trouvait vite. Et ces solutions, en se recoupant, ouvraient de nouvelles voies de questionnement qui donnaient à leur tour d'autres voies de réponse. Sa pensée s'était étalée comme un arbre aux ramures de plus en plus fines et complexes, mais qui se recoupaient souvent pour donner naissance à de nouvelles branches.

Certes, par moments, il regrettait le goût des gâteaux à la crème Chantilly, sa femme Valérie, ses enfants, certains feuilletons télé, la vue d'un ciel nuageux ou d'une nuit étoilée. Il aurait aimé passer des nuits à rêver de films de fantaisie. Il avait la nostalgie de certaines sensations : le plaisir, le froid et le chaud. Et même la douleur.

Sans stimuli, avouons-le, la vie s'avère plus douce mais aussi plus ennuyeuse. Mais il ne regrettait pas l'expérience, même si le prix à payer était lourd. Il avait compris le sens de la vie, l'ordonnancement du monde. Gustave savait comment découvrir en soi une puissance formidable. Parti explorer des régions de son cerveau insoupçonnées par le commun des mortels, il avait découvert 25 strates d'imagination consciente, comprenant chacune une centaine de fantasmes hyper-sophistiqués. Il avait entrevu des concepts révolutionnaires. Quel dommage qu'il ne puisse les communiquer aux autres hommes ! Sous les 25 strates d'imagination consciente, il rencontra 9 872 strates d'imagination inconsciente. Il se découvrit même un réel goût pour la musique d'orgue, celle qui recèle la plus large plage de tonalités. Quel dommage qu'il n'ait plus d'oreilles pour entendre encore cet instrument !

Le petit-fils de Francis mourut, non sans avoir auparavant confié à son propre fils :

— Tu vois le bocal, là-haut sur le buffet de la

cuisine ? C'est le cerveau de ton arrière-grand-père. Change-lui de temps en temps son liquide nutritif et ne l'expose pas trop aux courants d'air.

Et Gustave continua de réfléchir et d'explorer son esprit. Désormais, il ne s'agissait plus d'imagination ni de souvenirs, mais d'autre chose. Il nomma cette région : l'« Osmose », une manière de penser encore inutilisée par l'homme et qui permettait notamment d'« osmoser » à partir de concepts très simples.

Osmoser ravissait l'esprit et ouvrait encore de nouveaux gisements d'imagination. Des gisements placés sous l'inconscient. Dans la région de l'Osmosis, précisément.

— Maman, c'est quoi le morceau de viande dans le bocal, en haut ?

— Il ne faut pas y toucher, Billy.

— C'est du poisson ?

— Non, c'est plus compliqué que ça. C'est un de tes ancêtres. Il est vivant, mais il ne lui reste plus que son cerveau. La famille l'a conservé en souvenir. Il faut simplement le maintenir à bonne température et l'entretenir avec du glucose.

Deux jours plus tard, Billy ramena des copains à la maison. Tous furent intrigués par le bocal.

— Ouahh... et si on le descendait pour voir ?

— Non, maman m'a dit qu'il ne fallait pas y toucher.

Sous l'Osmosis, Gustave avait atteint une zone d'imagination encore plus enivrante, d'où partaient les rêves les plus fous et les crises de démence. Cette région, qu'il baptisa « Onirie », comprenait 180 000 étages de compréhension et d'invention, parcourus par des orages d'idées complètement surréalistes. Gustave était heureux, il ne s'ennuyait plus du tout dans son propre esprit.

Soudain, il sentit un picotement.

— Non, arrête ! cria Billy. Si tu continues à lui verser du ketchup, il ne m'en restera plus pour ce soir.

Le cerveau de Gustave Roublet perçut une nouveauté dans son liquide nourricier. Cet ajout provoqua des hallucinations formidables. Les orages devinrent des séismes de lumière. Il visita en dix minutes les 180 000 étages de l'Onirie.

Les enfants repérèrent les infimes crispations du cervelet.

— Il est vivant. Ce truc bouge. Ton ancêtre a l'air d'aimer la sauce ! Si on versait un peu de vinaigre pour voir ?

Flash. Cet assaisonnement lui produisit encore plus d'effet. Énormément d'effet. Des événements terribles ébranlèrent son monde intérieur : tornades noires, explosions de liquide fluorescent orange au milieu de roches bleu marine, vagues de sang fumant, apparitions de visages rigolards, chauves-souris aux têtes transformées en hippocampes nains...

L'esprit de Gustave voyageait au-delà de tous les trips hallucinogènes. Les herbes de la pelouse se transformaient en autant de petites épées tranchantes et il se réjouit de ne plus avoir de jambes, même dans ses rêves. Son cerveau planant n'était qu'à peine éraflé par les pointes. Il souleva la pelouse comme un morceau de moquette et découvrit un nouveau monde sous l'Onirie : la « Catharsis ». Un univers complet, abritant des étoiles, des galaxies, des planètes, et le tout se nichait dans son cerveau, juste sous ses rêves. Il devait bien y avoir un milliard d'étoiles au fond de son formidable cerveau.

Lorsque la mère de Billy rentra, un curieux spectacle l'attendait : les enfants avaient recouvert le cerveau de l'ancêtre avec de la crème Chantilly et des fruits secs et ils continuaient à déverser dessus tout ce qui leur tombait sous la main.

— Encore un peu de confiture, monsieur le Cerveau ?

La mère de Billy dispersa les enfants et, surmontant son dégoût, crut bien faire en rinçant la cervelle de son aïeul à l'eau du robinet, avant de la réinstaller dans un aquarium propre.

L'eau de la ville, n'étant pas salée, détruisit des milliers de cellules nerveuses. En fait, l'eau du robinet s'avéra pire que le ketchup. Encore imbibé de chantilly et de sauce tomate, Gustave parcourait à toute vitesse des mondes spirituels cosmiques qui n'étaient plus du tout descriptibles. Albert Einstein prétendait que les êtres humains n'utilisent que 10 % de leur cerveau. Il se trompait. Gustave Roublet était en train de vérifier qu'ils n'en utilisent qu'un millionième.

Malgré l'interdit ou à cause de celui-ci, les camarades de Billy s'intéressaient dorénavant beaucoup au bocal et à son étrange locataire. Le garçon décida en conséquence d'arrondir un peu son argent de poche en organisant des visites payantes.

— C'est quoi, ça ?

— Mon ancêtre.

— Un cerveau ?

— Ben oui, il en avait marre de vivre dans un corps.

— Il était dingue !

— Non, il n'était pas fou. Et maman dit qu'il est encore vivant.

Un gamin énervé plongea ses mains dans le liquide nourricier et en sortit carrément le cerveau.

— Hé, fais gaffe ! Touche pas à ça ! cria Billy.

Surpris, le gamin laissa tomber le viscère sur le carrelage.

— Remettez mon ancêtre dans son bain !

Mais déjà les autres enfants s'amusaient à se le lancer entre eux à la manière d'un ballon de rugby.

— Rendez-moi mon ancêtre ! protesta Billy.

Le cerveau passa de mains tachées d'encre en mains enduites de confiture. Finalement, un petit marqua un panier en l'expédiant dans la poubelle. Billy n'osa pas l'en sortir. Il préféra annoncer à sa mère qu'un enfant l'avait volé.

Le père descendit vider la poubelle dans un container installé devant la maison.

Privé de son liquide nourricier, Gustave dépérissait. Il ne savait pas ce qui se passait.

Un chien errant vint le tirer de cette impasse.

L'animal ignorait que ce morceau de viande était en fait Gustave Roublet, le plus ancien et le plus absolu de tous les ermites du monde, alors, tout bonnement, le chien le mangea.

Ainsi finit l'insondable pensée d'un homme parti à la recherche de lui-même, en lui-même.

Gustave avait touché le fond. Au bout de sa réflexion, il n'avait trouvé qu'un abîme et cela lui avait donné le vertige.

La mort lui parut alors la dernière aventure véritablement palpitante, et il l'accueillit sereinement.

Son repas achevé, le chien émit un léger rot. Et tout ce qu'il subsistait encore des pensées de Gustave Roublet se dilua dans l'air du soir.

Du pain et des jeux

Après la Coupe du monde de 2022, l'humanité entière fut gagnée par la fièvre du ballon rond et ce sport s'imposa comme la meilleure façon de régler les problèmes internationaux. Grâce à lui, les pays les plus pauvres, les plus petits ou les plus inconnus furent capables d'accéder au rang des nations de tout premier ordre.

Dans ce stade, on avait désormais la possibilité de se livrer à un simulacre de guerre, pendant une heure trente minutes, sans jamais avoir recours aux armes. Les Birmans pouvaient battre les Espagnols, les Rwandais écraser les Américains, les Finlandais venir à bout des Brésiliens... Le football permettait aux peuples de briller à la face du monde sans tenir compte des différences de langues, de religions, de cultures ou de richesses.

Très vite, le moindre tournoi de dimension planétaire garantissait un audimat record. On estima que le dernier match avait mobilisé deux milliards de spectateurs. Un tiers de l'humanité. Deux milliards de personnes qui, à la même seconde, avaient détesté le même joueur parce qu'il avait fait un tacle à un autre. Qui avaient espéré ou craint qu'un penalty soit marqué. Deux milliards de personnes qui, pendant la durée d'un match, oubliaient leurs problèmes quotidiens.

Le phénomène se développa et une première métamorphose d'importance fut constatée : les effets du football se diversifiaient. La pratique dépassa le simple jeu pour devenir une sorte d'analgésique destiné à l'humanité souffrante. En moins de temps qu'il n'en faut pour l'écrire, la planète vibra d'un même élan aux trajectoires aléatoires du modeste ballon de cuir.

Après quelques matchs, les règles de ce jeu commencèrent à paraître simplistes, surtout au regard des passions déchaînées. Vingt-deux joueurs, un terrain exigu de cent mètres de long sur cinquante de large... cela semblait vraiment étriqué. D'autant que, lors de la fameuse finale Italie-Brésil de 2022, aucune équipe n'étant parvenue à marquer, le match s'était terminé par des tirs au but. Décevant. Il convenait donc d'accroître les difficultés. Dans un premier temps, on imagina de doubler la taille du terrain et le nombre des joueurs, ce qui fournissait déjà un bon niveau de complexité supplémentaire. À vingt-deux contre vingt-deux, des groupes de dix ou douze pouvaient simultanément mener une attaque contre une défense de quatorze ou quinze joueurs.

Puis on modifia le relief du terrain : on ajouta tumulus, mares, bassins de sable... Les attaquants avaient désormais toute latitude pour se cacher derrière une dénivellation, ballon au pied, tandis que les défenseurs ratissaient les alentours. Parfois le ballon tombait dans une mare ou un ruisseau, et les plus courageux devaient s'y précipiter pour le récupérer. Parfois la balle s'enfonçait dans une sablière... Les joueurs ne la dégageaient qu'en provoquant des geysers, un peu comme les golfeurs dans les bunkers. Superbe occasion pour les photographes. Enfin, chaque joueur fut muni d'un téléphone portable : au fur et à mesure de sa progression, il signalait sa position à ses équipiers puis à son capitaine qui, aussitôt, donnait des ordres en conséquence. Par la force des choses se développèrent peu à peu de nouvelles stratégies, toujours plus sophistiquées, qui donnèrent au football moderne la physionomie d'une partie d'échecs en trois dimensions.

Un nouveau public s'enthousiasma ainsi pour ce sport.

L'audimat de la Coupe du monde 2026 passa de deux à trois milliards de téléspectateurs. Soit la moitié de l'humanité. On constata une baisse générale des conflits durant les matchs, comme si le fait d'observer des joueurs se défier sur une pelouse suffisait à faire perdre l'envie de trucider son prochain sur des terrains non reconnus par les fédérations mondiales. Dès lors, les stades se multiplièrent et s'agrandirent. Des conflits considérables se réglèrent par le truchement d'un seul match de foot, un peu à la manière dont les Horaces et les Curiaces s'étaient affrontés dans l'Antiquité. Pourquoi martyriser dix mille personnes quand il suffisait de dépêcher vingt-deux champions pour trancher un dilemme ? Certains pays choisirent même pour enjeu la possession d'un territoire ou d'une zone minière.

Les champions devinrent des héros absolus, on les couvrit d'honneurs et d'argent, leurs posters ornèrent les chambres des adolescents. Les plus belles femmes les convoitaient. Même les têtes d'affiche de la télévision, de la chanson et du cinéma ne pouvaient rivaliser avec leur gloire.

Naturellement, devant l'ampleur de ce succès, on construisit de nouveaux stades, toujours plus grands ; plus complexes. On augmenta encore le nombre des joueurs, quarante-quatre contre quarante-quatre. En plus du capitaine, chaque équipe disposait maintenant de deux lieutenants, trois commandants, six sergents. Ce n'étaient plus des mottes de terre ou des tumulus mais des petites collines qui structuraient la pelouse. Les mares et les ruisseaux qui striaient l'espace de jeu furent remplacés par des lacs, des rivières et des torrents glacés. On ajouta aussi des marécages, des sables mouvants, des jungles épaisses dont on ne pouvait se dégager qu'à la machette. Certains joueurs furent équipés de réacteurs dorsaux grâce auxquels ils s'élevaient au-dessus du sol. Les avants-centres revêtirent des tenues camouflées, ce qui leur permettait de surgir d'un coup hors du sol, ou de derrière un arbre, à la grande surprise de l'adversaire.

Seule règle inchangée : l'interdiction absolue du contact avec les mains. Dans l'eau, la boue ou les airs, dans les jungles, les joueurs déployaient des trésors d'ingéniosité pour ne pas commettre la faute irréparable.

Au fil des rencontres, les meilleurs réalisateurs de cinéma finirent par remplacer ceux de la télévision. Ils s'en donnaient à cœur joie pour découvrir de nouveaux angles de prises de vues, produire des images surprenantes, des effets spectaculaires. Grâce à des caméras dotées de puissants téléobjectifs, les téléspectateurs voyaient la sueur de l'effort et de l'angoisse perler sur le front des joueurs.

À leur tour, les entraîneurs furent remplacés par des champions de la stratégie issus des grandes écoles militaires. Avant chaque partie, des états-majors de dix à douze personnes se réunissaient pour étudier des tactiques nouvelles et inventer des techniques de passe capables de déconcerter l'adversaire.

On allongea le temps des parties. Six heures pour un match permettaient de mieux développer combinaisons complexes et offensives séduisantes. Parallèlement, les joueurs durent accroître leur masse musculaire ; leur alimentation était calculée à une calorie près, leur entraînement digne des meilleurs athlètes.

Après l'extension du terrain et l'augmentation du nombre des joueurs, on imagina d'inclure des femmes dans les équipes, histoire d'ajouter une « note de fraîcheur » aux parties. En fait, il s'agis-

sait surtout d'améliorer la diversité des images
télévisées. Ces femmes étaient des reines du body-
building. Certaines, comme Killing Lily, se révé-
lèrent de fabuleuses dribbleuses, bien supérieures
à la plupart des hommes. Killing Lily parvenait,
grâce à ses réacteurs dorsaux, à exécuter d'in-
croyables sauts périlleux tout en fusillant les cages
de la fameuse Fortress Josepha, une gardienne de
but bulgare, ex-championne de patinage (mais ça
n'a rien à voir), qui, la première, eut l'idée d'utiliser un radar pour voir venir le ballon lorsqu'il était
caché par des troupes d'avants-centres trop bien
camouflées.

Tout allait donc pour le mieux et le public était
ravi.

Au fil du temps, le football se développa de
manière exponentielle... jusqu'à ce fameux matin
de mars 2030, date de la finale mondiale opposant
deux pays inattendus : la Nouvelle-Zélande et la
Thaïlande.

Ce jour-là, la sophistication de ce sport était
parvenue à son apogée. Les deux équipes disposaient désormais d'une île volcanique de cinquante kilomètres carrés. Le nombre des joueurs
atteignait trois cent vingt et un, hommes et
femmes. Quant à la durée d'un match, elle était
carrément passée à une journée pleine, la partie
commençant à huit heures du matin et finissant à
huit heures du soir.

Tous les coups étaient permis. Même les plus tordus. Ainsi la position des buts fut-elle laissée à la discrétion des équipes. Côté thaïlandais, on choisit un espace enfoui au fond d'un puits, dont le seul accès se situait au cœur d'un château perché à cent trente mètres d'altitude. Côté néo-zélandais, on installa la cage dans une grotte sous-marine uniquement accessible en apnée par un couloir aquatique. Plus besoin de faire parvenir la balle avec les pieds, il suffisait de la transmettre d'une manière ou d'une autre, du moment qu'on ne la touchait pas avec les mains.

Le ballon avait été truffé de minuscules caméras, de sorte que seul le joueur qui le détenait et les téléspectateurs devant leur écran savaient où il se trouvait. Quant à l'ensemble du match, il était retransmis par des centaines d'autres caméras réparties dans l'île, et logées dans une centaine de dirigeables téléguidés filmant depuis les airs.

Le capitaine de l'équipe thaïlandaise s'appelait Harao Bang. Un petit homme malin, rapide et très cruel.

Le capitaine de l'équipe néo-zélandaise était une superbe jeune fille, Linda Foxbit, ex-miss Océanie, ex-agent secret et surtout top-model en vogue des magazines hawaiiens.

Ce match de la Coupe du monde 2030 était en tout point exceptionnel. D'abord parce que, pour la première fois, les joueurs étaient autorisés à se blesser, voire à se tuer, si les nécessités du jeu l'imposaient. Ensuite parce que le jour de la ren-

contre avait été décrété férié à l'échelle de la planète. Enfin, parce qu'une multitude de sponsors
avaient investi sur le lieu même de la partie. Pas
un arbre, une souris, ni un oiseau n'avait été
épargné : chaque feuille, poil ou plume portait le
nom d'une marque de cigarettes, de soda ou de
cosmétiques.

Pour parvenir en finale, les Néo-Zélandais
avaient dû éliminer les Indonésiens (1 but à 0,
vingt-quatre morts et cinquante-huit blessés), les
Hongrois (2 buts à 1, huit morts, onze blessés), les
Croates, les Kenyans, les Grecs, les Libyens, les
Péruviens. De leur côté, les Thaïlandais avaient
écrasé les Américains (4 à 2, trente-cinq morts,
douze blessés), les Japonais, les Russes, les Moné-
gasques (un match épique, pour un modeste 1 à 0,
soixante-sept morts, pas de blessés), sans oublier
les petites équipes qui avaient participé aux élimi-
natoires et s'étaient fait exclure avec plus ou
moins de pertes.

Pour cette finale, chacun des deux camps avait
eu la possibilité de choisir une ville comme capitale de base. Au centre se trouvait une métropole
neutre où pouvaient librement intervenir et
manœuvrer les espions.

À peine le sifflet de l'arbitre eut-il retenti que
l'action démarra.

Le ballon, que l'on avait caché dans une
consigne de la gare neutre, fut instantanément

retrouvé par les Néo-Zélandais, plus précisément par le trois-quarts avant-centre Billy Maxwain. Il tenta aussitôt de le transmettre au trois-quarts aile James Summer, camouflé en policier, mais celui-ci se fit descendre d'une flèche au curare qu'une petite Thaï, l'avant-centre Daï Winei, portant le numéro 164, avait tirée grâce à une sarbacane à soufflerie électrique. Ayant récupéré le ballon, Daï Winei le déposa dans sa voiture de course tout-terrain et se précipita à la pizzeria de la ville neutre centrale.

Là, Daï Winei tenta une passe en direction de son capitaine Harao Bang mais le ballon fut discrètement intercepté par l'agent néo-zélandais Cordwainer, jadis connu pour ses activités de pickpocket. Jusqu'alors les robots-caméras volants avaient pu suivre le match sans grande difficulté. Mais hélas ! tout se détériora soudainement. Le capitaine thaïlandais découvrit que la passe de son équipière avait échoué et, dans le même temps, prit conscience que le ballon avait disparu. Volatilisé ! Ses radars ne transmettaient plus d'images, signe que la balle était probablement tombée dans une cache sombre ou un trou profond. L'équipe dut faire appel à un détecteur cuir/métaux pour la localiser... Enfermé dans le train de 19 heures 5, le ballon fonçait à 120 kilomètres-heure vers les buts thaïlandais.

Grâce à ses téléphones portables, l'équipe asiatique put avertir la horde de l'aile droite qui, à cheval et sabre au clair, attaqua le wagon. Mais les Néo-Zélandais avaient prévu une parade, en installant sur les toits du convoi une batterie de mitrailleuses et des lanceurs de micro-missiles à tête chercheuse alpha.

La voie ferrée devint le théâtre d'un sublime canardage. Virtuoses de la cavalcade, les terribles égorgeuses thaïlandaises sautèrent de leurs montures et, profitant de la fumée et du tohu-bohu, s'introduisirent dans les wagons. L'une d'elles s'avisa qu'un prêtre presbytérien, naturalisé néo-zélandais, dissimulait le ballon sous sa soutane. Elle le lui subtilisa, non sans avoir préalablement fendu en deux le corps du saint homme, d'un coup de sabre.

Au même moment, l'arbitre siffla un penalty, estimant qu'une tricherie s'était produite. En effet, les Thaïlandais ne pouvaient avoir découvert l'emplacement du ballon à l'aide du détecteur cuir/métaux. Il fallait qu'ils aient aussi regardé la télévision ou que quelqu'un leur ait transmis l'information de l'extérieur, ce qui était strictement interdit. Pour le penalty, on requit un nouveau clergyman, néo-zélandais de souche, et on le fit avancer avec le ballon jusqu'au château thaïlandais.

Le saint homme de remplacement n'eut pas plus de chance que son prédécesseur : les joueurs thaïlandais le mirent en charpie et repartirent sur un autre train qui passait par hasard.

Hélas pour eux ! À peine embarqués, un joueur néo-zélandais en short, même pas armé, leur reprit le ballon et se mit à dribbler en avançant vers leur camp !

Consternation dans les rangs asiatiques. Comment l'homme avait-il franchi les barrages ?

Il fallut un piège à tigres du Bengale, fait de bambous taillés, pour l'arrêter dans sa course. Le ballon fut aussitôt récupéré par un autre joueur néo-zélandais, camouflé en faux rocher et qui parvint à remonter dans un train partant en sens inverse.

À cet instant, la défense thaïlandaise fut prise de panique. Elle envoya une escouade d'amazones en deltaplane bombarder le train. Initiative qui aurait pu aboutir sans l'intervention inopinée de Mc Moharti. La baronne, d'une grande éloquence, avait déjà quitté le convoi, ballon en main, et amadoué le gardien de l'entrée du château thaïlandais grâce à quelques baisers astucieusement placés.

Joli coup ! L'ailière Mc Moharti put ainsi pénétrer dans la bâtisse ! Mais c'était sans compter avec la diabolique hargne du capitaine thaïlandais Harao Bang. Il fit enlever la jeune femme et exigea qu'on lui livre le ballon, sinon il la précipiterait depuis la plus haute tour de son manoir dans un lac regorgeant de crocodiles aux dents cariées. Harao Bang méritait vraiment sa réputation de capitaine le plus cruel du football moderne. L'ailière était suffisamment difficile à remplacer pour que les Néo-Zélandais cèdent.

La balle revint donc une fois de plus entre les pieds de l'équipe thaïlandaise qui dégagea le plus

loin possible en se servant d'une catapulte pneumatique.

Alors, la partie s'accéléra.

Le ballon fut intercepté en vol par un missile
air-air qui le renvoya dans le château thaïlandais :
à la réception, l'ailière Mc Moharti réussit cette
fois à pénétrer dans le grand salon du château en
passant par les douves et le service pressing. Là,
l'habile ailière séduisit un groom et, après une
séance érotique torride (qui choqua le jeune
public), se fit guider en direction des buts secrets
de l'équipe thaïlandaise. Dans toute la Thaïlande
ce ne fut qu'un immense et interminable cri de
dépit. Le malheureux groom fut copieusement hué
(probablement irait-il après le match s'exiler en
Nouvelle-Zélande, seul refuge possible pour lui et
sa famille).

Harao Bang s'aperçut trop tard de la manœuvre.
Il voulut à nouveau capturer l'espionne mais un
arbitre en embuscade siffla un corner, contraignant
les deux adversaires à souper ensemble.

Évidemment la baronne tenta un dribble en
introduisant un puissant soporifique dans le verre
du capitaine ennemi. Mais celui-ci, malin, inversa
les verres. Dans le doute, l'ailière s'abstint de
boire.

Arrivèrent les hors-d'œuvre. L'arbitre obligea
les deux joueurs à manger les aliments présentés
sous peine de disqualification. Ce fut le moment
que choisit la baronne pour tenter de placer sa
botte secrète. Elle sortit de son sac à main un petit

cochon d'Inde dressé dont les incisives avaient été enduites de soporifique. Mais l'animal s'endormit, et l'arbitre siffla une faute car on n'avait pas le droit d'utiliser des animaux dressés. Harao Bang jubila, reprit le ballon du pied droit alors que, de la main gauche, il saisissait une hallebarde à double tranchant. L'ailière n'eut que le temps de sortir son nunchaku. Un duel féroce s'ensuivit. Nunchaku contre hallebarde, la baronne était en difficulté... C'est alors que Linda Foxbit, haletante et échevelée, épuisée d'avoir fait l'amour avec tous les gardes thaïlandais, accourut au secours de son ailière droite. À deux contre un, le combat parut plus équilibré.

Tandis que fusaient les gémissements des gardes thaïs, empalés sur les tours du château pour avoir laissé passer le capitaine ennemi, la liesse soulevait les milliards de téléspectateurs. La planète tout entière suivait avec fièvre chaque seconde de cet événement, à côté duquel le dernier James Bond ou la guerre en Afghanistan faisaient figure de récréation pour enfants frappés par la maladie du sommeil.

Les paris pleuvaient, des sommes si énormes circulaient que la Bourse mondiale en fut affectée.

La baronne renversa la table et saisit une grande épée qu'elle fit tournoyer. Effarement chez les spectateurs lorsque l'épée passa à quelques millimètres du ballon : c'était en effet une cause d'annulation de la partie.

Harao Bang eut le dessus jusqu'à ce que, traver-

sant les vitraux du salon, bondissent le sergent
arrière gauche Smith et le trois-quarts centre Wilbur, dit le Conquérant.

Wilbur subtilisa le ballon, fonça vers le puits
des buts lorsqu'une crise d'asthme (due à la présence de salpêtre auquel il était allergique) le ter-
rassa. Il n'eut que le temps de sortir son spray
vasodilatateur et de réussir une passe à Smith qui,
accroché au lustre rococo du salon, récupéra la
balle. Smith utilisa ses fumigènes et parvint à traverser la ligne de défense thaïlandaise. D'un bond,
il sauta au fond du puits. Il sortit son couteau, ce
qui s'avéra un bon réflexe car les Thaïlandais
avaient empli le puits de piranhas. Smith se débat-
tit, occit quelques poissons mais succomba finalement sous les morsures. Il aurait dû allonger une
passe au capitaine Foxbit qui avait plongé à côté
de lui et qui maintenant se faisait grignoter, elle
aussi, par les piranhas. Dommage. Ça aurait pu
donner un joli but à l'équipe néo-zélandaise. Mais
c'était toujours le problème avec Smith, il jouait
beaucoup trop perso.

Les Thaïlandais récupérèrent le ballon avec des
hameçons et voulurent à nouveau dégager en utilisant leur catapulte pneumatique lorsque l'ailier
gauche Burroughs ôta son masque : maquillé en
Thaïlandais, son déguisement était remarquable,
avec ses yeux bridés et sa peau mate. Le défenseur
thaïlandais Lim voulut l'assommer d'un coup de
gourdin... Trop tard. Quel suspense. Burroughs eut
le temps de livrer la passe à la baronne qui venait

juste de se libérer de son carcan d'acier. Elle plongea dans le puits et nagea en apnée pour rejoindre le but thaïlandais. Les piranhas complètement gavés depuis le dégagement de Smith et de Foxbit la regardèrent foncer. Ils avaient besoin d'une pause pour digérer.

Buuuuuuuuuuuuuuuut !

1 à 0 en faveur de la Nouvelle-Zélande. Ce fut du délire dans l'équipe néo-zélandaise. Tout le monde s'embrassait, se congratulait et s'étreignait, se déshabillait, se félicitait. Le ballon fut replacé au centre du terrain et un groupe de joueuses thaïlandaises enragées foncèrent sans rencontrer de résistance. Elles séduisirent facilement vingt-quatre joueurs néo-zélandais qu'elles étranglèrent ensuite. Une attaque au lance-flammes leur permit de s'enfoncer dans les lignes adverses.

But !

La sirène de fin de match retentit sur ces entrefaites. Score : 1 à 1. Égalité.

Il importait coûte que coûte de départager les équipes : les joueurs survivants se firent donc face sur la colline pour l'épreuve des tirs au but. En effet, malgré la constante évolution des règles, on n'avait toujours pas pensé à remplacer les tirs au but.

Chaque joueur rescapé disposait d'une catapulte pneumatique au moyen de laquelle il devait envoyer le ballon dans un but placé cette fois-ci à même le sol. Le suspense était à son comble. Une Thaïe se saisit du ballon. À l'aide de ses jumelles, elle estima la distance. Avec son doigt, elle tint compte de la vélocité du vent et plaça enfin le ballon sur la catapulte. Feu.

But !

Le ballon avait frappé le sol avec une telle violence qu'à la place du gardien de but néo-zélandais, on apercevait dorénavant un cratère. 2 à 1. Au tour d'un Néo-Zélandais de tenter sa chance. Il tira et... manqua sa cible. Vagues de cris de joie dans un camp et de sifflets dans l'autre.

Le score final fut donc de 2 à 1 en faveur de la Thaïlande, nouvelle championne du monde de football.

Suite à ce match, les Pompes funèbres générales décidèrent, enthousiastes, de sponsoriser la prochaine rencontre.

Attention : fragile

— Qu'est-ce que c'est que ça ?

— Ton cadeau de Noël !

— Oh, papa, tu m'as acheté la panoplie de cow-boy que je t'avais demandée ?

Le père eut un instant d'hésitation.

— Pas exactement...

L'enfant courut vers l'objet convoité, défit avec empressement le gigantesque paquet-cadeau et s'empêtra dans le papier fluorescent et le ruban torsadé avant de dégager une boîte en carton.

Il y avait juste inscrit « HAUT », « BAS », puis sur le côté « ATTENTION FRAGILE ».

Il dévoila une sorte de grand aquarium transparent rempli d'ombre. Sur la partie avant, se trouvait un tableau de bord orné d'une multitude de cadrans et de mots étranges : « fusion », « gravitation », « explosion », « macération », « cuisson chaude », « cuisson froide », « éparpillement », « haute pression », « basse pression », « brume », « foudre électrique ».

Les yeux de l'enfant s'arrondirent et se mirent à briller.

— Waaouh, super ! C'est une boîte de petit chimiste ?

— Non, beaucoup mieux. C'est ce dont tu as toujours rêvé.

En entendant cette phrase, l'enfant comprit que, encore une fois, il s'agissait d'un cadeau destiné avant tout à son père. À chaque Noël, en effet, son géniteur en profitait pour satisfaire ses fantasmes personnels.

— Il s'agit d'un jouet tout nouveau, plus compliqué et aussi plus cher que tout ce qu'on a connu jusqu'ici.

Avec suspicion l'enfant entreprit d'examiner l'objet sous tous les angles.

— C'est un bocal à poissons tropicaux ?

— Presque.

— Une machine à faire des sorbets géants ?

— Non. Là tu refroidis.

— Un lieu pour jouer aux petits soldats volants, alors ?

— Tu chauffes.

Le jeu de devinettes constituait déjà en soi un premier cadeau.

La curiosité de l'enfant était piquée.

— Une machine à fabriquer des décors pour les poupées ?

— Tu brûles.

— Je ne sais pas. Je donne ma langue au chat, décréta l'enfant, agacé.

— C'est une machine à fabriquer des mondes !

Le garçon afficha une mine sceptique, mi-ravi, mi-déçu.

— Regarde la boîte. « Le parfait petit maître de l'Univers. » C'est nouveau, ça va te plaire.

L'enfant, qui se prénommait Jess, sortit les différents éléments, fils électriques, transformateur, piles, livrés avec le jeu.

— Ça a l'air compliqué.

— Tu m'as toujours affirmé que le problème, avec les jouets, c'était que tu t'en lassais trop vite. J'ai pensé qu'avec « Le parfait petit maître de l'Univers », tu serais occupé pour longtemps. Et même, avec un peu de chance, le jeu pourra tenir jusqu'à Noël prochain. Dis donc, tu n'oublies rien ?

Le père posa un index sur sa joue et attendit.

— Si, la bise. Oh merci, papa ! Je sens que ça va me plaire. En tout cas, pas un seul de mes copains n'a ce truc-là.

Pris d'un second élan d'enthousiasme, Jess se jeta au cou de son père et le couvrit de bisous.

— Bon, je te laisse consulter la notice, je vais lire mon journal au salon.

Et il alla rejoindre sa femme dans la cuisine.

— Je crois que ça va lui plaire, affirma-t-il.

— Il est si difficile. Tu aurais mieux fait de lui rapporter une panoplie de cow-boy comme il te l'avait demandé.

— Tous les enfants ont des panoplies de cow-boy, mais combien possèdent des mondes en kit ? rétorqua le père. Je suis sûr que Jess est assez mûr pour comprendre la différence avec un quelconque costume d'opérette. Et c'est plus cher.

Il rit. Mais en fait, il n'était pas mécontent

d'avoir consenti ce petit sacrifice pour assurer l'épanouissement intellectuel de son fils.

— Et ils t'ont dit qu'ils en vendaient beaucoup, au magasin ? demanda sa femme.

— « Le parfait petit maître de l'Univers » ? Non. Il s'agit d'un nouveau produit. Je pense avoir été le premier client à en acheter car le marchand m'a précisé : « Vous me direz si c'est aussi amusant que le prétend la publicité. »

Il alluma sa pipe et ouvrit son journal. Il entendait au loin, dans sa chambre, l'enfant qui ouvrait des boîtes, manipulait des objets. Finalement, au bout de dix minutes, Jess hurla :

— J'y arrive pas ! Papa, viens m'aider !

Le père soupira, réprobateur. Il aurait préféré terminer un article passionnant concernant la nouvelle prolifération des rats dans les grandes villes. L'enfant continuant à réclamer de l'aide, il rangea son journal. Après tout, un cadeau de ce genre impliquait un minimum de service après-vente de la part de son donateur. Il se résigna donc.

— Qu'est-ce qui ne va pas ?

— Je comprends rien au mode d'emploi. Comment ça marche ?

Le père feuilleta le manuel. Ce devait encore être l'une de ces notices mal traduites et mal présentées. Il chaussa ses lunettes et étudia le texte avec plus d'attention.

— Regarde, il faut d'abord brancher les fils sur l'électricité. Tu préfères le faire fonctionner avec des piles ou directement sur le secteur ?

— Avec des piles.

— D'accord.

Le père aligna dans la petite trappe prévue à cet effet les six piles de 9 volts, puis reprit le manuel à la page « installation ».

— Il suffit de lire, tout est indiqué.

À voix haute, il énonça :

— « Heureux acheteur du parfait petit maître de l'Univers, il va te falloir avant tout installer ton univers. Nous nommons univers ce petit monde en aquarium désormais à ta charge. Quelques précautions sont nécessaires. Tout d'abord, ne jamais placer son univers près d'un courant d'air ou d'une zone humide. La température idéale est de 19 °C, c'est-à-dire probablement celle de ta chambre. »

Le père et le fils vérifièrent au thermomètre mural si cette première condition était remplie, puis le premier reprit sa lecture.

« Autre protection. Si tu possèdes un chat, protège ton univers en l'entourant d'un grillage. Les chats ne doivent pas toucher à ton monde en gestation. »

L'enfant s'empressa de repousser Suchette dans le couloir. Ils avaient baptisé ainsi l'animal juste pour le jeu de mots : « Ma chatte Suchette. » La féline émit un miaulement vexé, ce n'était pas la première fois qu'on l'écartait au profit d'un gadget. Tant pis, elle ne mangerait pas d'univers. Mais elle savait que l'enfant finissait toujours par se lasser et revenait au plaisir simple de caresser sa fourrure tiède.

Le père continuait à énumérer les mises en garde :

— « Ne pose pas ton univers en équilibre sur le coin d'une commode ou d'un bureau : il pourrait tomber.

« Les parois de l'univers sont solides mais ne tape pas dessus avec un marteau ou un objet lourd.

« Pas de musique trop forte, genre hard rock, à proximité de ton univers.

« Un peu de musique classique de temps en temps aidera ton univers à s'épanouir.

« Il ne faut pas sortir les objets ou les gadgets hors de leur monde.

« Quoi qu'il arrive, ne pas touiller les étoiles.

« Attention : dans l'univers, rien n'est comestible. »

Le père sauta plusieurs pages puis reprit :

— « Une fois que vous aurez inséré les piles ou branché le jeu sur une prise 220 V, vous pourrez commencer à lancer le "début de l'évolution de votre univers". Pour cela, comme on plante une graine dans un pot pour faire pousser une fleur, vous planterez une graine de lumière pour faire pousser vos mondes.

« Cette étincelle se nomme le Big Bang. Vous la déclencherez vous-même grâce au détonateur d'univers. Il ne peut y avoir de propagation d'étoiles sans le Big Bang. Vous trouverez normalement dans toutes les boîtes un percuteur et une amorce à hydrogène. Placez le percuteur sur la paroi gauche de l'aquarium et installez l'amorce à hydrogène dans le réceptacle à Big Bang. Attention, une fois que le Big Bang est lancé, tout processus de retour est impossible. Ne faites pas ça à la va-vite, n'importe comment. À chaque Big Bang correspond un univers. Il est donc particulièrement important de soigner cette première phase. »

— Comment réussir un joli Big Bang ? demanda Jess.

Le père se pencha sur la notice.

— « Il faut que l'amorce claque le plus fort possible et que le percuteur soit orienté vers le centre. Si le percuteur est orienté vers les bords, votre univers risque fort de s'écraser sur la paroi de verre comme une figue mûre. Ce n'est pas l'effet souhaité. »

— Je veux essayer ! s'exclama l'enfant avec impatience.

— Attends, attends, je n'ai pas tout lu.

Mais déjà Jess, qui estimait avoir tout compris, avait installé l'amorce.

— Non, une minute, ils disent qu'il faut...

Trop tard. Jess avait tiré de façon que son univers parte vers le centre de l'aquarium.

Il déclencha une détonation époustouflante. Le coup de tonnerre dépassa complètement la simple envergure de l'aquarium. Les murs et les verreries tremblèrent. Les tableaux se décrochèrent. Les bibelots vacillèrent. Les livres dégringolèrent en vrac de la bibliothèque de la chambre.

Les voisins du dessus se mirent à cogner avec une chaussure pour faire cesser le vacarme.

La mère accourut pour voir ce qu'il se passait.

Elle découvrit son fils et son mari devant un grand aquarium.

— Qu'est-ce qui a produit ce boucan ? demanda-t-elle, sa casserole de purée de brocolis à la main.

— Il a... démarré un monde. Mais je n'ai pas eu le temps de lire la notice en entier et je me demande s'il a opéré correctement son Big Bang.

La mère s'approcha pour mieux observer le cube de verre noir. Une orchidée de lumière se déployait lentement. Sur la corolle de la fleur, des poussières d'étoiles commençaient à scintiller timidement, comme si elles cherchaient à mesurer le volume de l'univers dans lequel elles venaient d'apparaître.

— Oh, maman, tu aurais dû voir comme c'était beau ! Dès que j'ai appuyé sur la gâchette, une étincelle s'est produite et de la poussière blanche s'est répandue...

La mère scrutait le spectacle, fascinée. La fleur de lumière se tordait comme si elle hurlait en silence. Un instant, elle eut l'impression que la fleur vomissait douloureusement les étoiles tapies au fond de son ventre. La poudre de matière et d'énergie palpitait.

— Voilà, annonça le père, tu viens de créer un univers.

— Formidable.

— Mais attention, ton univers ne se développera pas tout seul, n'importe comment, sinon ce serait le chaos. Il faut que tu continues à le surveiller et à le soigner. C'est un peu comme un bonsaï, tu sais. Il faut retailler son monde, l'ajuster en permanence, ça demande beaucoup de soins.

La mère porta une main à son front.

— Parlons-en du bonsaï, il l'a laissé crever au bout d'une semaine. Et le hamster qu'il a empoisonné en lui laissant manger ses stylos ! Vraiment, chéri, tout un monde à surveiller, c'est peut-être un peu beaucoup pour notre chère tête blonde.

— Non, non. Cette fois, ce sera différent, je ferai très attention, jura Jess. Promis.

— C'est ce que tu racontes chaque fois.

— Oh, papa, explique-moi comment on fait pour soigner et surveiller son univers ? Dis, comment on s'y prend ?

Le père se replongea dans le manuel, puis désigna plusieurs manettes placées sur le tableau de bord contigu au grand bocal-aquarium.

— Dans la notice, ils précisent qu'avec ces émetteurs ondulatoires, tu peux lancer des champs de force dans ton univers.

— Et ça sert à quoi, ces trucs ?

L'homme regarda son fils. Il n'en savait rigoureusement rien. Saisissant le manuel, il chercha dans le glossaire l'expression « champ de force ».

Mais l'enfant perdait patience. L'enthousiasme du début avait cédé la place à une moue dubitative.

— Oh, papa ! je ne sais pas si c'est une si bonne idée de m'avoir offert ce laboratoire très compliqué. J'ai l'impression d'être à l'école des créateurs d'univers. Il faut retenir les lois, les règles, les méthodes, tu parles d'un jeu ! J'aurais préféré un train électrique ou une panoplie de cow-boy. Le train électrique, avec sa gare et ses montagnes, c'est aussi un monde, non ?

L'enfant fixa de nouveau l'aquarium noir où l'orchidée de lumière continuait de se déployer.

Le père, mécontent de voir son cadeau perdre de son charme, feuilleta nerveusement le manuel. La mère retourna dans sa cuisine en haussant les épaules.

— Quand vous aurez terminé de jouer, vous viendrez dîner. Mon repas refroidit.

Mais le père n'entendait pas renoncer aussi facilement.

— Ah, ça y est ! « Champ de force : c'est en quelque sorte la pince qui permet d'agir sur les univers en gestation. Voir : "Exercices pratiques". »

Le père chercha la rubrique en question. Des gouttes de sueur commençaient à perler sur son front.

Payer un jeu aussi cher pour ne récolter que si peu d'enthousiasme, c'était vraiment rageant. Il reconnaissait son erreur, il avait visé trop haut. Le petit Jess n'était pas assez patient.

— Premier exercice pratique : « Essayez de fabriquer une étoile de taille A. »

Voix en provenance de la cuisine :

— Chéri, viens manger. J'ai l'impression que tu t'amuses davantage que ton fils.

— Je dois l'aider à déchiffrer le mode d'emploi. On essaye de fabriquer une étoile de taille A.

Le petit Jess comprit comment incliner les champs de force pour que l'énergie enflamme les nuages d'hydrogène. Il joua avec la manette. Ce n'était pas parfait mais ça semblait convenable. L'enfant apprit ensuite comment tasser ces nuages de feu pour en faire des boules de lumière. Il obtint une étoile de taille A.

— Bravo ! l'encouragea le père, qui reprenait espoir.

Il feuilleta à nouveau le mode d'emploi et annonça :

— « Exercice n° 2 : fabriquer une planète. S'y prendre comme pour l'étoile de taille A mais l'éteindre aussitôt allumée afin qu'elle se transforme en un tas de matière solide qui refroidira ensuite progressivement... Exercice n° 3 : fabriquer de la vie. Commencer par produire une cellule en combinant des acides aminés. »

Le père dégagea quelques acides aminés d'une éprouvette. Il les mélangea selon les dosages indiqués en utilisant une pipette. Puis il déversa l'amalgame sur des petites météorites contenues dans une boîte. Celles-ci filèrent aussitôt s'écraser sur les planètes.

— Waouh ! fit Jess. Les météorites sont comme des spermatozoïdes qui viennent ensemencer les planètes-ovules.

La comparaison surprit le père mais il se souvint que son fils suivait cette année ses premiers cours d'éducation sexuelle. En dix minutes, l'homme et l'enfant réalisèrent avec succès les quatre premiers exercices. L'aquarium s'était égayé de petits grains de couleur, les planètes. Grains bleus, verts, jaunes...

— Il faudra leur trouver des noms ou des numéros, à tes planètes, sinon ce sera la pagaille, remarqua le père, assez satisfait.

Puis il annonça le prochain jeu : « Exercice n° 4 : fabriquer de la conscience. »

Ils œuvrèrent encore quelques minutes mais ils ne parvenaient pas à apporter de la conscience à leurs créatures. L'exercice 5 leur parut vraiment hors de portée.

— Le manuel indique que si les animaux de notre univers n'arrivent pas à avoir de la « conscience », il faut utiliser la procédure de transfert. On parle dans un petit micro et les créatures reçoivent le message traduit dans leur idiome.

Furieuse, la mère surgit alors et suggéra de tenter l'expérience après le repas. Le soufflé était retombé. Elle pesta : il n'y avait pas que les jouets dans la vie, son mari ferait mieux de se comporter en adulte responsable et son fils de penser à ses devoirs.

À contrecœur, le père et le fils abandonnèrent donc leur univers artificiel pour se rendre dans la cuisine.

Après le repas, ils reprirent leurs tentatives de fabrication de conscience pour leurs créatures.

Il ne se produisit rien de concluant.

— Peut-être avons-nous créé un monde « bête » ? soupira Jess qui commençait à se lasser de ce jeu.

Après deux jours d'efforts inutiles, le garçon perdit définitivement patience. À cet âge, les enfants aiment que les jeux soient tout de suite amusants. Jess avait déjà plusieurs fois plongé sa main dans l'aquarium pour croquer des planètes et des soleils. Ils n'étaient pas du tout toxiques. Mais même ça, ça ne lui plaisait pas vraiment. Les planètes avaient un goût salé. Quant aux soleils, ils étaient si chauds qu'on risquait de se brûler l'intérieur des joues.

Jess rangea son aquarium à univers dans le grenier, aux côtés d'autres jouets répudiés : flipper, cheval à bascule, boîte de petits soldats en plastique, pistolet à ventouse, etc.

Puis il redescendit caresser sa chatte Suchette.

Là-haut, cependant, l'univers continuait de fonctionner.

Or il advint qu'un rat s'approcha par pure curiosité de l'aquarium. Grâce à sa vue acérée, il remarqua les minuscules galaxies, les étoiles et les créatures qui y vivaient.

Aidé par une dizaine de congénères de sa meute, il porta l'univers de Jess au roi des rats, un vieil animal qui s'était imposé à coups de griffes et de dents. Le roi déclara en langage ratien : « Ceci est un univers nouveau-né abandonné. Nous pourrions en devenir les maîtres. »

Et c'est ainsi qu'il se mit à exister quelque part un univers où les rats devinrent les dieux des hommes.

La dernière révolte

— Tu crois que ce sont eux ?

La sonnette avait égrené ses trois notes. Papi Frédéric et Mamie Lucette se terraient comme des animaux apeurés.

— Non, non. Nos enfants ne les laisseraient jamais venir.

— Seb et Nanou ne nous ont pas donné de nouvelles depuis trois semaines. Il paraît que les enfants font toujours ça avant que le CDPD arrive.

Les deux retraités se collèrent à la fenêtre et reconnurent le grand bus grillagé du CDPD, le fameux Centre de Détente Paix et Douceur. Le sigle était clairement affiché sur le véhicule, ainsi que le logo de ce service administratif : un fauteuil à bascule, une télécommande et une fleur de camomille. Des préposés en uniforme rose en sortirent, l'un d'eux dissimulant de son mieux le grand filet servant à attraper les retraités récalcitrants.

Fred et Lucette se serrèrent l'un contre l'autre. Fred frémissait de colère : leur propre progéniture les avait donc abandonnés. Leurs enfants bien-aimés les avaient dénoncés au CDPD.

Jusqu'à ce jour, Fred aurait juré la chose impossible. Pourtant, il savait que ce comportement devenait de plus en plus répandu. Depuis quelques années, les militants antivieux se faisaient moins discrets. Le gouvernement avait d'abord soutenu les anciens, du bout des lèvres, puis les avait bien vite livrés à la vindicte populaire. Aux actualités du soir, un sociologue avait démontré que l'essentiel du déficit de la Sécurité sociale était imputable aux plus de soixante-dix ans. Puis les politiciens s'étaient engouffrés dans la brèche : ils accusaient les médecins de prescrire des médicaments trop facilement, leur reprochant de prolonger la vie à tout prix pour conserver leur clientèle sans se soucier de l'intérêt général.

Très vite, les choses n'avaient fait qu'empirer. Des réductions budgétaires drastiques avaient succédé aux analyses. En premier lieu, le gouvernement interrompit la fabrication de cœurs artificiels. Puis l'administration gela les programmes régissant la mise au point de peau, de reins et de foies de remplacement. « Pas question que nos vieillards se transforment en robots immortels », avait déclaré le président de la République à l'occasion de son allocution de Nouvel An. « La vie a une limite, il faut la respecter. » Et il avait expliqué que troisième et quatrième âges consommaient sans produire, obligeant ainsi l'État à décréter des taxes impopulaires et donnant de plus une image rétrograde de la société française. En bref, il devenait clair que tous les problèmes économiques du pays étaient liés à la prolifération des personnes âgées. Chose étrange, nul n'avait relevé que ces propos émanaient d'un homme de 75 ans dont les « performances » étaient largement dues à une vigilance médicale de pointe.

Après ce discours, le défraiement des médicaments et des soins avait été restreint pour les plus de 70 ans. À partir de 75 ans, on ne remboursait plus les anti-inflammatoires, à partir de 80 ans, les soins dentaires, à partir de 85 ans, les pansements gastriques, à partir de 90 ans, les analgésiques. Toute personne dépassant les 100 ans n'avait plus droit à aucun acte médical gratuit.

La tendance plut aux publicitaires qui emboîtèrent le pas aux politiciens avec une campagne « antivieux » qui fit date. Premier slogan illustrant une nourriture pour chiens : « Flicky, la pâtée dont rêve votre grand-père. » Elle représentait un chien montrant les crocs à un vieillard qui tentait de lui dérober son écuelle. Pendant ce temps, le ministère de la Santé placardait une affiche : « 65 ans ça va, 70 ans bonjour les dégâts ! »

Peu à peu, l'image de la vieillesse fut associée à tout ce que la société produisait de négatif. La surpopulation, le chômage, les taxes : la faute aux anciens qui « refusent de quitter le manège une fois leur tour de piste terminé ».

Il n'était pas rare de trouver aux portes des restaurants la pancarte : ENTRÉE INTERDITE AUX PLUS DE 70 ANS. Plus personne n'osait prendre leur défense, de crainte d'apparaître comme un réactionnaire.

Le carillon de la porte résonna encore. Fred et Lucette eurent un haut-le-corps.

— N'ouvrons pas, ils croiront que nous sommes absents, murmura Fred, qui ne maîtrisait plus ses tremblements.

De la fenêtre du premier étage, Lucette apercevait maintenant à l'intérieur du véhicule grillagé les Foultrant, un couple de voisins avec lesquels ils jouaient régulièrement au gin-rami le samedi après-midi. Eux aussi avaient donc été abandonnés par leurs enfants.

— Ouvrez, on sait que vous êtes là !

Le préposé muni du filet à vieux cognait à grands coups dans la porte d'entrée.

Ils se pelotonnèrent l'un contre l'autre. Aux coups de poing rageurs succédèrent les coups de pied.

Dans leur cage grillagée, les Foultrant baissaient la tête. Ils regrettaient de n'avoir pu avertir les autres. Le samedi précédent encore, Fred et Lucette leur avaient rendu visite. La conversation avait roulé sur les lois anti-troisième âge. Selon eux, le CDPD n'était pas le pire. Les Foultrant affirmaient que certains enfants partaient même en vacances en attachant leurs vieux aux arbres pour ne pas avoir à les emmener. Et ils restaient là plusieurs jours sans manger, abandonnés aux intempéries.

— Que se passe-t-il dans ces centres ? avait demandé négligemment Lucette.

Mme Foultrant avait paru épouvantée.

— Personne ne le sait.

— Une publicité prétend qu'on nous fait voyager, qu'ils nous organisent des excursions en Thaïlande, en Afrique, au Brésil.

M. Foultrant avait ricané :

— Pure propagande officielle. Je ne vois pas pourquoi l'État, qui estime que nous lui coûtons trop cher, nous paicrait en plus des vacances exotiques. Pour ma part, j'ai mon idée là-dessus et elle est bien moins optimiste. Là-bas, c'est tout simple, ils nous... piquent.

— Qu'entendez-vous par là ?

— Ils nous administrent une piqûre empoisonnée pour se débarrasser de nous.

— Impossible ! Ce serait trop...

— Oh, ils ne nous éliminent pas sur-le-champ. Ils nous gardent un peu, au cas où nos enfants changeraient d'avis.

— Mais comment les gens peuvent-ils accepter de se laisser piquer ?

— On leur dit qu'on leur administre un vaccin contre la grippe.

Long silence.

— Et comment savez-vous cela, monsieur Foultrant ?

Il n'avait pas répondu.

— Ce sont des rumeurs, avait tranché Frédéric. Je suis sûr qu'il ne s'agit que de rumeurs. Le monde ne peut pas être aussi dur. Vous avez imaginé cette histoire.

— Je vous envie de voir la vie en rose. Mais

mon père disait déjà : « Les optimistes ne sont que des gens mal informés », avait conclu M. Foultrant en soupirant.

En bas, les sbires du CDPD faisaient sauter la porte avec un pied-de-biche. Leurs gestes étaient assurés, quasi mécaniques. Ils devaient faire ça dix fois par jour.

— Ne craignez rien ! criaient-ils. Tout se passera bien, n'ayez pas peur.

Dans un geste de désespoir, Fred attrapa Lucette par la taille et d'un bond, ensemble, ils sautèrent par la fenêtre. Le tas de poubelles amortit leur chute. Fred, déterminé, bondit, tira Lucette par le bras, se précipita dans le bus du CDPD et, devant les préposés médusés restés sur le trottoir, il s'installa au volant et démarra en trombe.

Il roula longtemps vers la montagne. À l'arrière, les vingt autres anciens étaient encore sous le choc. Lorsque le moteur s'arrêta, il y eut un long silence.

— Je sais, remarqua Fred. Nous avons peut-être commis une grosse sottise, mais j'ai pour habitude d'écouter mes intuitions et là, le CDPD ne me disait vraiment rien qui vaille.

Les autres le regardaient, toujours ébahis.

Ils hésitèrent, puis M. Foultrant lança un « Hourra ! » qui après un temps fut repris par tous les passagers à l'exception de l'un d'entre eux :

— Nous allons mourir, dit Langlois, un octogénaire ratatiné.

— De toute façon, nous étions condamnés à périr au CDPD, rétorqua Fred qui, soudain, ne tremblait plus du tout.

Les Foultrant et les autres anciens s'empressèrent de remercier et de féliciter leur couple de héros mais Fred les interrompit :

— Pas de temps à perdre. La police ne va plus tarder à apparaître. Dépêchons-nous de nous réfugier dans la montagne.

Parvenus dans la forêt, les évadés furent saisis d'angoisse.

— Il fait froid.

— C'est plein de bêtes sauvages par ici.

— J'ai faim !

Il y a sûrement des araignées et des serpents.

— Les piles de mon pacemaker sont en train de se décharger.

— Je suis sous antibiotiques.

Fred les fit taire. Il leur parla calmement et s'imposa vite comme leur chef. Après tout, il les avait tirés de leur cage, à lui donc de les prendre en main. Ils ne pouvaient allumer un feu tant que la police les rechercherait activement. En revanche, il était urgent de dénicher une grotte pour s'y abriter.

Le sang-froid de Fred subjugua les autres. Une heure plus tard, ceux qui étaient partis explorer les lieux revenaient en annonçant avoir découvert une caverne de bonne taille. Tous s'y rendirent.

— Ici, nous pourrons allumer un feu sans danger.

Mme Salbert, une grande fumeuse malgré son cancer du poumon, sortit son briquet-tempête. On entassa branchettes et brindilles, mais en bon Robinson amateur, Fred ne s'avéra guère doué pour cette forme nouvelle de scoutisme. La fumée envahit la caverne et ils durent se hâter de sortir pour respirer au grand air. Un vieillard de forte corpulence n'en eut pas le temps. À force de tousser, il fut victime d'une crise cardiaque.

Ses compagnons l'ensevelirent à fleur de terre, après une cérémonie funéraire improvisée.

« Un vieillard qui meurt, c'est une bibliothèque qui brûle... Adieu Gontrand. »

Après l'enterrement, Langlois, ancien journaliste scientifique, proposa un système d'évacuation des fumées de la caverne au moyen d'un trou creusé dans le plafond de terre. Ce fut leur première leçon de survie.

Le lendemain, ils décidèrent de chasser. Sans arc mais avec une bonne grosse pierre, M. Foultrant parvint à écrabouiller un écureuil malchanceux : leur premier repas.

Le surlendemain, la forêt se vengea. Mme Foultrant décéda en chutant étourdiment de tout son long, bousculée par un lièvre récalcitrant. On l'enterra. Ils n'étaient plus que vingt.

Le soir, au coin du feu, les anciens discutèrent.

— Nous ne nous en sortirons jamais, constata Mme Varnier, qui avait épuisé le stock de médicaments qu'elle avait emporté lors de son arrestation.

— Les loups nous mangeront.

— La police nous retrouvera.

Fred rassura son monde. Sa voix prenait de plus en plus d'assurance.

— Ici nous ne risquons rien tant que nous ne nous faisons pas trop remarquer. Nous avons disparu depuis plusieurs jours, ils doivent nous croire morts de froid ou dévorés par les bêtes sauvages. C'est là leur grande faiblesse : ils sous-estiment les personnes âgées.

M. Monestier marmonna :

— Je n'aurais jamais cru que nous en arriverions là...

Une grand-mère les prit à témoin :

— Mais qu'est-ce qui s'est passé, nous n'avons jamais agi ainsi avec nos parents...

Fred coupa court à la discussion :

— Cessez de ressasser vos souvenirs. Assez de jérémiades, vivons dans le présent. Vous savez parfaitement que nos enfants ont le cerveau lavé avec ce culte de la jeunesse éternelle. À force de ne se consacrer qu'à la beauté physique et à sa religion, la chasse aux kilos, aux rides et à la gymnastique obligatoire, ils deviennent stupides. Mais ce n'est pas en nous éliminant qu'ils la conserveront, leur jeunesse.

La petite communauté l'acclama.

Soudain, ils distinguèrent une silhouette à l'entrée de la caverne. D'un coup, tous les anciens bondirent sur les javelots qu'ils avaient fabriqués et mirent en joue l'arrivant. Ils tremblaient tellement cependant qu'ils auraient été bien incapables d'ajuster leur tir.

Après la première silhouette, en apparut une deuxième, puis une troisième, et une quatrième. La panique gagna le groupe de bannis.

Refrénant sa propre peur, Fred saisit une torche et s'avança.

— Vous êtes du CDPD ? demanda-t-il, en s'efforçant de contrôler sa voix.

Il s'approcha : les créatures n'étaient ni des policiers, ni des infirmiers. Il n'y avait là que des anciens, comme eux.

— Nous nous sommes évadés d'un Centre. Nous avons appris votre évasion et nous vous recherchons depuis plusieurs jours, expliqua un vieil homme voûté. Je suis le docteur Wallenberg.

— Et moi, Mme Wallenberg, déclara une femme édentée.

— Enchanté et bienvenue, dit Fred, rasséréné.

— Nous sommes une dizaine. Il faut que vous sachiez que pour tous les anciens du pays, vous êtes des héros. La nouvelle s'est vite répandue. Tous savent que vous vous êtes échappés et que vous avez survécu. Les autorités ont voulu faire croire que vos cadavres avaient été retrouvés mais il était facile de se rendre compte qu'il s'agissait d'images truquées. Ces cadavres étaient beaucoup trop jeunes.

Ils éclatèrent de rire. Ils n'avaient pas ri aussi gaiement depuis fort longtemps. Et cet accès d'hilarité en fit tousser, rougir et transpirer plus d'un.

Ils étaient désormais vingt-quatre. Les nouveaux arrivants apportaient avec eux des objets précieux : papier, stylos, couteaux, sonotones, lunettes, cannes, médicaments, ficelle... Le docteur Wallenberg exhiba même une carabine à répétition, surplus de la guerre de Corée à laquelle il avait participé en tant que volontaire.

— Fantastique ! Nous avons là de quoi soutenir un siège ! s'exclama Lucette.

— Oui, et je suis convaincu que d'autres viendront nous rejoindre. Jusqu'ici, ceux qui s'évadaient n'avaient ni espoir ni possibilité de refuge, et c'est pour cela qu'ils se faisaient toujours reprendre. Maintenant, ils savent qu'ici, dans nos montagnes, tout est possible. Je suis certain qu'à l'heure qu'il est, des centaines d'anciens ratissent la région.

En effet, jour après jour, de nombreux vieillards vinrent grossir les rangs des révoltés. Beaucoup mouraient d'épuisement en arrivant ou peu après, faute de médicaments adaptés. Mais ceux qui survivaient s'endurcissaient vite.

Très adroit, le docteur Wallenberg apprit à ses compagnons à fabriquer des collets pour chasser le lapin. Quant à son épouse, excellente botaniste, elle leur enseigna comment reconnaître les champignons comestibles (ils avaient hélas subi quelques pertes avec des champignons suspects) et comment planter céréales et légumes.

Jadis électricien, M. Foultrant se lança dans la

construction d'une éolienne dont les pales discrètes dépassaient à peine les arbres. Grâce à cet engin, ils eurent bientôt de la lumière dans la caverne.

Fred se chargea des canalisations qui apportèrent dans leur habitation l'eau d'une source voisine. La vie dans la forêt devenait plus facile. Chacun se considérait comme un survivant et ainsi que le soulignait Fred : « Chaque jour que nous passons ici est un miracle. »

Ils furent bientôt une centaine, regroupés dans cette caverne et les grottes avoisinantes. Fred et Lucette devinrent des personnages de légende, redoutés du CDPD et admirés de tous ceux qui passaient le cap des 70 ans. Fred réussit à se faire photographier dans le maquis et son portrait s'afficha bientôt en douce dans les maisons des plus âgés. Il trouva un nom pour son groupe de réfractaires, « Les Renards blancs », et un slogan pour les rassembler : « Tant qu'il y a de la vie, il y a de l'espoir. »

Et puis ils décidèrent de s'adresser à la population, et rédigèrent un tract :

« *Respectez-nous. Aimez-nous. Les anciens peuvent garder les tout-petits. Ils peuvent tricoter des pull-overs. Les anciens peuvent repasser et cuisiner. Toutes ces choses qui prennent du temps et répugnent aux jeunes, nous savons encore les faire. Parce que nous n'avons pas peur de l'écoulement du temps.*

« *L'homme, en tuant ses anciens, se comporte*

comme les rats qui éliminent systématiquement les éléments les plus faibles de leur société. Nous ne sommes pas des rats. Nous savons être solidaires et vivre en société. Si l'on assassine les plus faibles, il ne sert à rien de vivre en groupe. Finissons-en avec les lois antivieux. Sachez nous utiliser plutôt que nous éliminer. »

Et ils s'arrangèrent pour distribuer cet appel à travers tout le pays.

Mais Fred n'était pas satisfait. Un jour, il décida qu'il ne suffisait plus de protéger leur propre communauté. Il fallait également libérer tous les anciens encore prisonniers des CDPD. Les plus dynamiques des Renards blancs se déguisèrent alors en « jeunes », se teignirent les cheveux et se munirent de faux papiers les présentant comme des enfants « pris de remords », venus au terme de la période de réflexion récupérer leurs aïeux. Peu à peu, face à une telle recrudescence de repentis, les autorités furent intriguées et cela sema le doute. On exigea dès lors de toute personne se présentant pour reprendre ses parents qu'elle exhibe d'abord ses mains. Celles-ci trahissent toujours l'âge de leur propriétaire.

Fred décida alors de passer à la guérilla urbaine. Tous les membres de la section « action » des Renards blancs attaquèrent en masse un Centre de Détente Paix et Douceur, libérant ainsi de leurs cages une cinquantaine d'anciens, et leur troupe s'agrandit encore. Elle devenait une véritable armée, l'armée des Renards blancs.

La police et le CDPD localisèrent leur implanta-
tion dans la montagne et tentèrent plusieurs fois
de les attaquer, mais de vieux généraux les avaient
rejoints avec des stocks d'armes. Ils ne disposaient
plus seulement de malheureux arcs pour protéger
leur camp, mais bel et bien de fusils-mitrailleurs
et de mortiers de 60 mm.

Constitué de ministres et secrétaires d'État dans
la force de l'âge, le nouveau gouvernement refusait de céder. Les vieilles personnes étaient arrê-
tées à leur domicile par des escouades de plus en
plus fournies. Tout se passait comme si les autorités voulaient achever la besogne avant que la
révolte ne se généralise dans tout le pays. Le
CDPD n'utilisait plus des autobus mais des four-
gons blindés réquisitionnés auprès des banques.
Loin de lâcher du lest, le gouvernement s'enferra
dans une politique de plus en plus draconienne :
interdiction aux plus de 60 ans de travailler, interdiction aux enfants de soutenir leurs parents.

En réaction, les raids des Renards blancs
s'intensifièrent. Des deux côtés, les positions se
durcirent. La caverne et les grottes s'étaient transformées en places fortes. Plus sûre, plus confor-
table, la vie dans la montagne était devenue
agréable et, ils l'admettaient volontiers, vivre dans
la clandestinité constituait pour eux une formidable cure de jouvence. Ils espéraient que leur
armée de réfractaires réussirait à inquiéter les
autorités au point de les pousser à modifier leur
législation antivieux, ou inciterait le Président à

composer avec eux. Bien au contraire, le ministre de la Santé imagina une parade visant à mettre un terme définitif à l'aventure. Pas de stratagème héroïque pour contraindre ces rebelles à rentrer dans le rang, mais la grippe, tout simplement.

Des hélicoptères larguèrent, en grande quantité, des échantillons de virus au-dessus de la forêt. Lucette mourut la première. Fred refusa néanmoins de céder.

Évidemment, ils avaient besoin d'urgence de vaccins mais l'État avait préventivement ordonné la destruction de tous les stocks. La contagion était donc inévitable. Les pertes se multiplièrent.

Trois semaines plus tard, la police ne rencontra aucune résistance lorsqu'elle vint arrêter ce qu'il restait de Renards blancs. Fred fut capturé par une nouvelle section du CDPD, composée exclusivement de jeunes gens de moins de vingt ans.

Avant de périr sous l'effet de la piqûre, la légende assure que Fred regarda froidement son bourreau dans les yeux et lui assena : « Toi aussi, un jour, tu seras vieux. »

Transparence

Depuis des années, dans le cadre de mon laboratoire de génétique, je travaillais sur la notion de transparence. J'avais tout d'abord extrait le code ADN qui permettait de rendre un végétal translucide. On trouve ce code dans la nature, chez les algues. Il m'avait suffi d'introduire la séquence de gène qui agissait sur la pigmentation. J'avais ainsi créé des roses transparentes, des abricotiers transparents, des petits chênes transparents.

Puis j'avais œuvré sur des animaux. Cette fois, j'avais pris la séquence de transparence qu'on trouve chez les poissons d'aquarium de type guppys. L'ayant introduite dans le noyau de la cellule, j'avais obtenu une grenouille transparente. Ou du moins à la peau et aux muscles transparents. On voyait ses veines et ses organes ainsi que son squelette. Puis j'avais créé un rat transparent.

Animal effrayant que j'avais tenu éloigné de mes collègues. Ensuite un chien, et enfin un singe transparents. J'avais ainsi respecté l'échelle logique de l'évolution du vivant, du végétal le plus primaire à l'animal le plus proche de nous.

Je ne sais plus pourquoi mais j'ai fini par faire l'expérience sur ma propre personne. Peut-être parce que tout scientifique a besoin d'aller jusqu'au bout de sa curiosité. Et aussi parce que je savais qu'aucun cobaye humain n'accepterait de voir sa peau muter au point de devenir translucide.

Une nuit, dans mon laboratoire désert, je franchis donc le pas et testai sur moi ma technique de transparence. L'expérience réussit.

Je pus voir sous ma peau un estomac, un foie, un cœur, des reins, des poumons, une cervelle, tout un réseau de veines. Je ressemblais à l'écorché qui trônait jadis dans ma classe de biologie. Sauf que moi, j'étais vivant. Un grand écorché vivant.

En me voyant dans le miroir, je n'ai pu m'empêcher de pousser un cri d'effroi qui eut pour effet d'accélérer les jets de sang de mon cœur. Dans la glace, je constatai les conséquences de mon angoisse : les artères palpitaient intensément, les poumons se gonflaient et se dégonflaient comme un soufflet de forge. Jaune clair, l'adrénaline teintait d'orange mon sang. Le réseau de mon liquide lymphatique s'emballait comme un vieux moteur à vapeur.

Le stress... c'était donc cela ?

Mes yeux surtout m'épouvantèrent. Nous sommes habitués à ne voir que des croissants d'œil sur les visages, mais là, je distinguais dans leur totalité les sphères nacrées de mes orbites prolongés de muscles et de nerfs plutôt impressionnants.

Lorsque je repris mes esprits, ce fut pour m'apercevoir que des boules de nourriture donnaient du relief à mon intestin. Je suivis leur trajet, devinant à l'avance le moment où j'éprouverais le besoin de me rendre aux toilettes.

Lorsque je réfléchissais, le sang remontait vers mon cerveau en passant par les carotides. Quand j'avais froid ou chaud, le sang affluait vers les capillaires de ma peau.

Je me déshabillai pour observer mon corps dans son entier.

J'étais nu au-delà du raisonnable.

Je pris soudain conscience d'une chose : j'ignorais comment inverser le phénomène. J'étais transparent mais comment allais-je redevenir opaque ? Je cherchai avec fébrilité à extraire une séquence d'opacité de l'un de mes cobayes. Je travaillai ainsi jusqu'au matin, sans me soucier de l'heure. La femme de ménage poussa alors la porte de mon laboratoire... et s'évanouit.

Il me fallut me rhabiller en vitesse avant que mes collègues arrivent. Comment leur expliquer que ce ramassis d'organes palpitant dans cette enveloppe semblable à du plastique, c'était moi ? La première idée qui me vint à l'esprit fut de m'habiller des pieds à la tête, col montant et lunettes noires sur le nez, à la manière de l'homme invisible de H.G. Wells. Je dissimulerais ainsi ma semi-transparence déconcertante.

Je me suis vêtu à la hâte. Mis à part mes joues, tout était planqué. Le fond de teint emprunté à la trousse de maquillage de la femme de ménage combla cette lacune.

Du bruit. Des gens arrivaient.

Je me précipitai dehors. Dans la station de métro, un jeune loubard me braqua avec un couteau à cran d'arrêt. Autour de nous les passagers regardèrent sans réagir, considérant que l'agression faisait partie des aléas de la vie.

Dans un réflexe salvateur, j'ouvris tout grand mon manteau. Peut-être s'imagina-t-il sur le coup avoir affaire à un pervers, mais ce que je lui exhibai était bien plus intime. Mon assaillant pouvait contempler non seulement mon corps, mais aussi mes veines et la plupart de mes organes en plein travail.

Il chancela et s'évanouit. Aussitôt des badauds vinrent le secourir et me regardèrent avec défiance. Ainsi le monde tourne-t-il à l'envers. Les humains supportent le spectacle de la violence mais sont révulsés à l'idée qu'un humain puisse être différent.

Énervé, j'eus envie de révéler ma singularité aux curieux plus préoccupés de rassurer l'agresseur que de secourir la victime.

Leur réaction fut disproportionnée.

J'échappai de peu au lynchage.

En leur montrant le reflet d'eux-mêmes je leur rappelais que nous ne sommes pas de purs esprits, mais aussi de la viande en action, un tas de viscères œuvrant en permanence pour faire circuler des liquides bizarres dans des organes aux couleurs variées. J'étais la révélation de ce que nous sommes vraiment sous la dissimulation de notre épiderme ; une vérité que personne n'est prêt à regarder en face.

Passé la première sensation de victoire, je compris que j'étais désormais un paria, pis encore, un monstre.

J'errai dans la ville, me posant sans cesse la question : qui pourrait supporter de me voir ? Je finis par trouver un début de réponse. Il existe quand même des êtres qui recherchent précisément la différence jusque dans sa monstruosité et qui en font commerce. Les forains.

Je me mis donc en quête du cirque le plus proche, en l'occurrence le cirque Magnum. Il se vantait d'exhiber les êtres les plus étranges, voire les plus abominables que la Terre ait jamais recelés en son sein.

Lilliputienne de renom, la directrice me reçut dans son bureau fastueux. Hissée sur une pile de coussins surmontant un fauteuil de velours rouge, elle me toisa avec professionnalisme :

— Ainsi, mon garçon, tu veux t'engager chez moi. Et quelle est ta spécialité ? Le trapèze, la magie, le domptage ?

— Le strip-tease.

Elle marqua un instant de surprise et m'examina plus attentivement.

— En ce cas, tu t'es trompé de maison. Tu n'es

pas ici dans un théâtre érotique. Mon cirque compte parmi les plus prestigieux du monde, alors la sortie, c'est par là.

Comme il vaut toujours mieux montrer qu'expliquer, j'ôtai rapidement le gant de ma main droite comme pour mieux serrer la sienne. Sans un mot, elle sauta du haut de son fauteuil pour saisir ma paume et la lever en direction du néon du plafond. Elle examina longuement l'écheveau de veinules rouges devenant de plus en plus fines en s'acheminant vers les extrémités des doigts.

— Tout le reste est à l'avenant, dis-je.

— Tout ? Vous êtes martien ou quoi ?

J'expliquai n'être qu'un Terrien, et même un scientifique apprécié par ses pairs, mais j'avais trop bien réussi ma dernière expérience. La directrice continua à observer le sang qui affluait et refluait, au rythme de mes battements cardiaques.

— J'ai rencontré pas mal de types hors du commun, mais ça, je ne l'avais encore jamais vu. Attends que je montre ma nouvelle attraction aux autres ! s'exclama-t-elle.

Elle rameuta ses artistes. L'homme-tronc, la contorsionniste, l'homme le plus gros de la planète, les sœurs siamoises, l'avaleur de sabres et le dompteur de puces s'entassèrent dans la pièce.

— Tiens, j'ignorais que le foie travaillait en dehors des repas, remarqua l'homme-tronc.

— Cette glande-là, ce ne serait pas la glande surrénale ? demanda la lilliputienne.

L'homme le plus gros de la planète jugea les

reins ridiculement petits mais tous ne se lassaient pas du spectacle.

La contorsionniste, une Coréenne gracieuse, fut la première à avancer son doigt pour toucher ma peau et en apprécier la consistance. Son regard plongea dans le mien, je baissai les yeux. Le contact épidermique était froid. Son geste courageux fut applaudi par les autres.

Elle me sourit.

J'étais ému. J'avais l'impression de rejoindre une nouvelle famille.

Rapidement ils m'aidèrent à mettre au point un numéro de strip-tease où, après avoir ôté plusieurs couches de vêtements, je me débarrassais d'une fausse peau en latex.

Chaque fois, l'effet était spectaculaire. La nudité est finalement le spectacle le plus apprécié du seul animal qui se camoufle sous des couches de tissu : l'homme. Mais comme ils se trouvaient dans un cirque, sur les gradins, les spectateurs ne se montraient guère effrayés. Me prenant pour une nouvelle sorte de magicien, ils recherchaient plutôt le « truc ». Des prestidigitateurs de renom vinrent d'ailleurs assister à mon numéro, guettant je ne sais quel jeu de miroirs.

Je me suis accoutumé à ma nouvelle chair.

J'ai pris l'habitude de m'étudier. J'ai découvert ainsi quelques explications à certains phénomènes comme les mystérieuses contractions au ventre que j'éprouvais la nuit. Ce sont en fait mes glandes surrénales qui provoquent des spasmes. Parfois je restais des heures à observer dans la glace les veines de mon cerveau.

Un soir, alors que, face au miroir, je passais une lampe de poche sur mon corps pour en comprendre encore et encore les moindres arcanes, je me dis que rien n'est plus dérangeant que la vérité. Surtout quand elle concerne un élément d'aussi personnel que le corps.

Au fond, nous connaissons très mal notre organisme et nous ne voulons pas vraiment le connaître. Nous le considérons comme une machinerie que l'on amène chez un médecin lorsqu'elle est en panne et que celui-ci soigne avec des pilules colorées aux noms barbares.

Qui s'intéresse vraiment à son corps ? Qui a envie de se regarder ? Je promenais le faisceau de la lampe de poche entre mes poumons et je me dis que l'humanité serait peut-être plus sincère si elle mutait dans son ensemble vers la transparence.

La jeune contorsionniste coréenne frappa à la porte de ma loge, et demanda si elle pouvait m'observer dans le détail. Elle fut la première à franchir ce pas.

Aussitôt mes gonades se remplirent, trahissant une émotion. Mon amie fit semblant de ne pas s'en apercevoir et, saisissant la lampe de poche, elle éclaira une zone du cou correspondant, m'expliqua-t-elle, à une zone de douleur chez elle.

Elle me dit comprendre. La contorsionniste asiatique continua de m'éclairer comme si elle visitait une caverne. Elle illumina mon dos. Je baissai les yeux. Jamais quelqu'un ne s'était intéressé à ce point à ma personne. Je ne savais même pas quelle allure j'avais de dos. On doit voir mon cœur. Peut-être mon foie. (Quand elle serait partie je me regarderais avec deux miroirs.)

Elle s'approcha de moi et m'embrassa.

— Je ne vous dégoûte pas ? demandai-je, inquiet.

Elle sourit.

— Peut-être que vous êtes le premier... Un jour, d'autres muteront.

— Cela vous inquiète ?

— Non. Les changements ne sont pas inquiétants. L'immobilité et le mensonge sont bien pires.

Une idée saugrenue me traversa l'esprit, alors qu'elle m'embrassait plus profondément. Si nous avions des enfants, seraient-ils comme moi, comme elle, ou moitié comme l'un, moitié comme l'autre ?

Noir

Depuis dix mois, le soleil s'était éteint, les étoiles ne palpitaient plus, et cette terre que Camille avait si bien connue était devenue un monde de ténèbres. Ainsi l'obscurité avait gagné son combat contre la lumière.

Ce matin, comme tous les matins, Camille ouvrit les yeux sur une nuit insondable et s'assura à tâtons que Brusseliande reposait contre lui. Longue et fine Brusseliande, plus fidèle et plus vive que le plus puissant des alliés. L'épée qu'il s'était choisie lorsque tout avait basculé.

Cela s'était passé dans la nuit.

Depuis longtemps, on craignait le pire.

On sentait la Troisième Guerre mondiale arriver.

Elle avait éclaté dans la nuit du 6 juin 06.

D'après ce qu'il avait compris le cataclysme s'était déclenché très vite.

Des bombes atomiques avaient pulvérisé toutes les grandes villes.

On ne savait pas qui avait commencé. Certains prétendaient que des systèmes informatiques rendaient la riposte instantanée. Dès que la première bombe était tombée, la pluie de représailles s'était déclenchée. Des centaines de missiles nucléaires avaient fendu les cieux accompagnés de leurs sinistres sifflements. L'un d'eux avait probablement dévié. Il s'était trompé de route et, au lieu de pulvériser de l'humain, il était parti vers le centre du système solaire. Dans le vide, rien n'arrête un missile nucléaire. Il n'avait pas percuté Vénus ou Mercure. Il avait fait exploser le Soleil.

La rencontre avait dû produire une grande lueur.

Il ne l'avait pas vue. Il dormait.

Au réveil il n'avait pu que constater le désastre.

Extinction des feux.

Extinction de tous les feux.

Dès lors la terre était tombée dans le noir et le froid.

L'aube ne s'était pas levée, ce matin-là, ni aucun autre. Le monde était depuis lors plongé dans des ténèbres absolues.

Ce jour-là, comme tous les jours, Camille enfila ses chausses et passa son pourpoint, puis, du bout des doigts, il caressa la surface lisse et froide du miroir inutile. Ce n'était pas un remords, tout au plus un rituel pour conserver suffisamment de force et en nourrir son bras lorsque Brusseliande avait à combattre.

Ne jamais renoncer. Se souvenir des aurores orangées sur la cité étincelante. Se remémorer la lumière sur les visages et les couleurs sur les maisons. Évoquer un règne de clarté où des milliers de lampes chassaient l'obscurité des moindres recoins jusque dans les nuits les plus sombres.

Ce jour-là, comme tous les jours depuis l'avènement des ténèbres, Camille assura sa prise sur le pommeau de l'épée et se coula de mur en mur jusqu'à l'extérieur.

Se nourrir et survivre... La nuit permanente avait fait de lui un animal.

L'air plus glacial sur son visage annonçait la rue. Camille n'hésita pas. Il fendit l'obscurité d'un pas décidé. À elle seule, cette fermeté tenait bien des marauds en respect.

Un bruit. Camille redressa Brusseliande et se campa sur ses deux jambes. L'adversaire pouvait paraître, il serait reçu.

Le noir avait entraîné des mutations dans la ville.

Des êtres sortis d'on ne savait où avaient surgi, adaptés à l'obscurité comme les monstres des abysses sont adaptés à la profondeur et la noirceur des fonds marins.

Les narines de Camille perçurent alors le remugle d'un animal mutant que ses oreilles identifièrent comme lourd et d'une taille respectable. Les ténèbres avaient attiré ces monstres de toutes sortes qui pullulaient dans la vieille ville. Ils se

nourrissaient d'immondices et se signalaient par
une puanteur insupportable. Camille haïssait particulièrement ces êtres qui émettaient un bruit de
succion. Il positionna Brusseliande en quarte,
cessa de respirer et attendit.

Le monstre passa à moins d'un mètre. Camille
ne broncha pas. Il aurait pu frapper l'animal quatre
ou cinq fois avant que celui-ci ne réagisse mais il
n'était pas certain que sa promptitude lui aurait
permis de remporter l'assaut. Le mastodonte
s'éloigna, et seul le remugle nauséabond de son
souffle demeura un instant dans l'air, comme une
empreinte d'épouvante.

Camille reprit sa progression à pas plus pru-
dents. À nouveau, le souffle, la puanteur, la présence colossale l'immobilisèrent. Plus loin un
autre monstre le frôla sans le détecter, et cette fois,
Camille s'élança franchement.

Après deux angles de rues, il s'orienta vers
le nord, sur ce qui avait été une avenue bordée
de riches bâtiments qui n'étaient plus que ruines.
Camille détestait ce quartier de désolation, il
accéléra encore l'allure et cela faillit lui coûter
la vie.

Comme une flèche, un petit monstre silencieux
(un oiseau mutant aveugle ?) lui effleura la joue,
lui infligeant une estafilade qui saigna. Brusseliande fendit l'air par réflexe, mais l'animal s'enfuit en couinant.

Camille passa sa main sur la balafre et goûta
son propre sang. Cela ne fit qu'accroître sa déter-

mination. Il serra son sac plus près de lui et repartit de l'avant, tête baissée mais l'épée haute.

Brusseliande lui ouvrit la route vers le nord de la cité désolée.

Tout à coup quelqu'un, dont le bruit des pas avait été couvert par le vacarme des monstres mutants, lui saisit le bras. Camille pivota instantanément et balaya l'air avec Brusseliande, faisant tournoyer l'épée et l'abattant plusieurs fois sur le malandrin.

— Aïe ! glapit celui-ci. Aïe, qu'est-ce qui vous prend ?

Brusseliande redoubla de fureur.

— Mais... Aïe ! Arrêtez-vous, bon sang !

Un autre maraud surgit alors. Il ceintura Camille par-derrière et, avec une force surhumaine, le souleva du sol.

C'en était trop pour Brusseliande. Camille sentit la lame de l'épée vibrer d'une fureur irrépressible et emporter son bras. De la pointe elle écrasa les orteils du coquin puis s'enfonça dans son ménisque gauche et, lorsque l'étau se desserra enfin, entraîna Camille dans une danse meurtrière. Brusseliande fouetta le colosse au visage, et d'estoc, s'enfonça dans ses chairs, au ventre et à l'aine. Le premier brigand déguerpissait déjà en hurlant, le second évita de justesse un coup mortel et s'enfuit à son tour en râlant.

En souvenir des temps de clarté, Camille leur lança un cri triomphal et adressa une pensée chaleureuse à Brusseliande. Une fois de plus, ensemble, ils avaient vaincu.

Pourquoi le soleil s'était-il éteint ? Pourquoi le monde était-il entré dans l'ère du Grand Noir ?

Quand soudain des bras, surgissant de partout, agrippèrent Camille et l'emportèrent. Il se retrouva quelques minutes plus tard face à un humain qui dégageait une drôle d'odeur d'éther.

— Pourquoi agressez-vous les gens qui cherchent à vous venir en aide ? demanda une voix forte.

— Je me défends, c'est tout, déclara Camille. Et toi, qui es-tu pour oser me défier ?

— Vous avez, à ce qu'il paraît, déjà failli être écrasé par un camion-benne de ramassage d'ordures, sans parler des motos et des voitures. Et quand quelqu'un veut vous aider à traverser une rue, vous le frappez aussitôt de votre canne blanche.

— Quelle canne blanche ?

— Celle que l'Assistance publique vous a offerte.

— Brusseliande est un don des dieux. Je l'ai reçue durant mon sommeil.

— Maintenant, il est urgent de vous rendre à l'évidence. Vous ne pouvez continuer ainsi. Il n'y a pas eu de Troisième Guerre mondiale. Il n'y a pas de monde en décrépitude plongé dans les ténèbres.

Un silence.

— Ce n'est pas le monde qui s'est éteint... c'est

votre capacité à percevoir la lumière. Je suis ophtalmologiste et votre nerf optique a connu en une nuit ce que nous appelons une « dégénérescence fulgurante ». Vous êtes...

Camille espéra qu'il n'allait pas prononcer le mot.

— ... aveugle.

Tel maître, tel lion

Cela se passa dans la plus grande discrétion. Sur le coup, personne ne s'aperçut du changement. « Animal Farm », laboratoire de manipulations génétiques, avait déjà connu quelques succès en produisant, par croisements d'espèces, des animaux de compagnie d'un genre nouveau. Son catalogue comprenait déjà le « hamster-perroquet », qui répétait tout ce qu'il entendait, le « lapin-chat » ronronnant, et le « cheval-souris », équidé miniature s'ébattant sous les meubles.

Cependant, « Animal Farm » préparait son grand coup : l'amélioration du premier compagnon de l'homme, le chien. Jusque-là, les amateurs de canidés choisissaient par prédilection des pitt-bulls, des rottweilers, animaux puissants, serviles, féroces. Or un sondage venait d'indiquer aux éleveurs que les acheteurs potentiels attendaient essentiellement de leur futur chien :

1. Le sentiment de posséder un ami.
2. Le sentiment de posséder un ami faisant peur aux autres.

3. Le sentiment de posséder un ami faisant peur aux autres mais obéissant à son maître.

4. La satisfaction d'épater l'entourage.

« Animal Farm » examina longuement les réponses, analysa tous les facteurs et déduisit de l'enquête qu'il importait dorénavant de croiser le chien non plus avec le loup mais avec le roi des animaux en personne, c'est-à-dire le lion.

Les chercheurs procédèrent donc par paliers, unissant tour à tour et progressivement chien-lion et lion-chien. Le résultat final fut baptisé chien-lion. L'animal présentait l'apparence extérieure d'un lion, avec crinière et longue queue terminée en pinceau, mais le faciès et l'aboiement d'un canidé.

Le succès du chienlion fut immédiat. « Animal Farm » avait vu juste : le compagnon qui intéressait désormais la clientèle n'était plus le chien mais bel et bien le lion. Plus prestigieux, plus impressionnant.

— Et si, au lieu de produire des hybrides, nous importions directement des lions ? suggéra un cadre supérieur, lors d'un séminaire de réflexion stratégique.

— Mais notre entreprise est spécialisée dans la manipulation génétique ! s'offusqua le P-DG, soucieux du profit des actionnaires. Si nous nous contentons d'importer des lions, où sera la valeur ajoutée ?

Le cadre supérieur ne se démonta pas :

— Nous apporterons notre savoir-faire. Les lions normaux ne supportent ni nos climats ni la vie en appartement. À nous donc de jouer sur leur ADN afin de les adapter au milieu occidental et urbain.

La fine fleur des biologistes d'« Animal Farm » retroussa ses manches et se mit à l'œuvre, jusqu'à parvenir à mettre au point un lion mutant, résistant au froid, au stress de l'environnement et à la plupart des agents infectieux des villes.

Là encore, la firme n'eut pas à attendre longtemps pour voir le lion citadin devenir la coqueluche du public. Ils étaient si mignons, les lionceaux. Plus joueurs que les chiots, plus peluches que les chatons, ils apparaissaient vraiment comme la mascotte naturelle des enfants.

Le premier homme public à parader avec à ses côtés un lion en laisse fut le président de la République en personne. Lui avait vite compris qu'avec son labrador noir, il ne faisait plus le poids. Au chef de la nation il fallait le roi des animaux. Un lion à robe mordorée prit donc ses quartiers à l'Élysée, ajoutant par sa seule présence au respect qu'inspirait tout naturellement son maître.

La mode était lancée. Pour impressionner son entourage, rien de tel dorénavant que de posséder un lion. Certes, l'animal était beaucoup plus coûteux à acquérir et entretenir qu'un chien ou un chat, mais avec lui, on était sûr d'être branché. Les Parisiens et les Parisiennes n'hésitèrent plus à s'afficher en promenade avec leurs petits ou leurs gros lions.

Il y eut évidemment des accidents. Des lions indélicats n'hésitèrent pas à faire leur ordinaire de certains chiens. Plusieurs pitt-bulls qui se croyaient les maîtres des trottoirs découvrirent bientôt la face cachée de la mode. D'autres jetèrent leur dévolu sur des matous, sous le regard hébété de leur maître incapable de calmer leur royal appétit. Mais ces grosses bêtes étaient gourmandes, et les habitudes acquises au fil des âges et au fin fond de l'Afrique ne pouvaient s'estomper en une seule génération.

Lorsqu'un lion mordit un enfant, quelques plaintes commencèrent cependant à s'élever mais l'association des propriétaires de lions avait déjà eu le temps de s'ériger en un puissant lobby, soutenu par les industriels de la boucherie. Un lion consommant aisément dix kilos de viande par jour, ceux-ci avaient vu leurs bénéfices grimper de façon exponentielle, à la faveur de l'engouement général. Un regroupement prolion se constitua donc. Tous les projets de loi visant à limiter la vente ou la circulation des lions en zone urbaine échouèrent piteusement devant une Assemblée nationale peu soucieuse de déplaire à tant de consommateurs-électeurs organisés. Et puis, placée devant le fait accompli, la justice fut si lente à se mettre en branle que tous les contrevenants restaient impunis, ou s'en tiraient avec une maigre amende, voire un simple avertissement. Même lorsqu'il y avait mort d'homme.

Évidemment, les amis des chiens et des chats

(voire des enfants) protestèrent un peu au début, mais ils apparurent vite minoritaires. Quant au lobby des fabricants de croquettes, il était bien moins riche que celui des industriels de la boucherie. Une prédation naturelle s'opéra donc entre possesseurs de lions et possesseurs de créatures plus faibles. La peur était dans le camp des opposants aux lions.

La société se réorganisa peu à peu autour de cette nouvelle donne.

Dans les rues, les piétons modifièrent leurs habitudes. Dès qu'ils voyaient poindre un lion en laisse, ils prenaient leurs distances. Ils traversaient rapidement la chaussée, quitte à affronter les voitures qui, elles au moins, étaient dûment maîtrisées par leurs conducteurs. Certains abandonnèrent tout à fait les trottoirs, laissant les lions et leurs propriétaires occuper le terrain. La laisse elle-même n'était plus obligatoire, son inefficacité ayant été constatée de toutes parts. Quand un lion s'élance au galop pour attraper un chien ou un enfant, essayez donc de le freiner. De toute manière, les lions, félins sauvages, étaient réfractaires au port d'une laisse, d'une muselière ou d'un joli petit gilet hivernal. Ils aimaient se promener superbes et nus, satisfaits d'imposer le respect grâce à un simple rugissement ou un coup de patte sec et rapide. Les propriétaires de lion renonçaient donc le plus souvent à tout accessoire inutile pour mieux laisser leur bête se dégourdir les articulations, uriner et déféquer où bon lui

semblait. Un audacieux eut un jour l'outrecui-
dance de protester : « Vous pourriez au moins
ramasser les déjections de votre animal » ; sa
tombe se visite désormais au cimetière du Montparnasse. La rumeur prétend que les embaumeurs
ont effectué un travail remarquable pour reconsti-
tuer son corps. Des instituts de beauté et de coif-
fure pour lions se montèrent. Par chance, les lions
mâles ayant d'énormes crinières, les coiffeurs
purent s'en donner à cœur joie. Ils leur compo-
saient des tresses, des nattes, des coupes en brosse,
des frisettes, des couettes.

Des manuels de puériculture conseillant de ne
pas élever de jeunes enfants à proximité de lions,
l'association des propriétaires s'indigna : « C'est
du dénigrement ! » Les tribunaux s'empressèrent
de mettre fin à ce scandale. Il faut d'ailleurs reconnaître qu'il y eut très peu d'accidents d'enfants
élevés auprès de lions de compagnie. Ceux-ci ne
survenaient que si le maître oubliait de nourrir sa
bête ou lorsque le gamin se mettait en tête de lui
tripoter la truffe. Tous n'aimaient pas ça. Normal,
les lions sont des félins, donc indépendants et ver-
satiles. C'est d'ailleurs en cela que réside leur
charme.

Les maisons affichant : « ATTENTION, LION MÉ-
CHANT » étaient bien moins souvent visitées par les
cambrioleurs que celles mentionnant la présence
d'un « CHIEN MÉCHANT ». Nul ne saura jamais
combien d'imprudents ou de voleurs débutants
finirent ainsi en pâtée, mais reconnaissons que la
sécurité des particuliers s'accrût sensiblement.

Dans les rues, un spectacle devint familier, véritable jeu de cirque très apprécié des badauds. Des lions tenus en laisse s'affrontaient sous les hurlements stridents de leurs maîtres dont les : « Couché, mon beau ! couché ! » paraissaient avoir pour seule vertu de les exciter davantage.

Courir avec son lion, pour les joggeurs matinaux, disait-on, était bien plus plaisant que de trotter avec son chien. Pour les lions qui acceptaient la laisse, c'était un jeu. L'animal tirait avec force, permettant ainsi de courir plus vite et plus longtemps. Il protégeait aussi des autres personnes déambulant avec leurs lions. L'association ne présentait qu'un seul inconvénient : impossible de freiner au gré de la fatigue ou des feux rouges.

Le lobby des amis des lions affirmait que posséder un tel animal rendait les maîtres plus responsables. Il y avait du vrai là-dedans. Autant il était facile pour un propriétaire de chien de partir tranquillement en vacances avec sa famille, après avoir attaché son caniche à un platane d'une route nationale, autant il était ardu pour un propriétaire de lion de se débarrasser de son fauve. Des reliefs de maîtres négligents furent retrouvés auprès de troncs noués d'une chaîne vide.

Alors, faute de pouvoir se délivrer à leur guise d'un compagnon devenu par trop encombrant, certains choisirent de déménager en lui abandonnant purement et simplement leur ancien appartement.

Des fauves esseulés errèrent peu à peu dans les quartiers sombres des villes. Ils se regroupèrent en bandes sauvages pour chasser le passant attardé. Un couvre-feu fut envisagé pour dissuader les touristes de fréquenter les rues chaudes, mal éclairées ou riches en commerces de boucherie.

Le problème avec la mode, c'est qu'elle se démode.

Après les lions, l'intérêt du public se tourna vers des bêtes plus discrètes. « Animal Farm », toujours désireuse de satisfaire une clientèle versatile, avait donc changé, si on peut dire, son fusil d'épaule. Son service de relations publiques encouragea la célèbre actrice Natacha Andersen à se montrer en permanence avec une dizaine de scorpions suspendus en pendentif autour de son cou. De simples capuchons en plastique lui permettaient de se protéger de leurs dards mortels.

L'initiative fut couronnée de succès. Les scorpions étaient vraiment de parfaits animaux d'appartement. Petits, affectueux, discrets, peu chers et surtout silencieux, ils présentaient les avantages que les lions n'avaient pas. On pouvait les nourrir pour trois fois rien. Deux mouches, une araignée, et ils étaient rassasiés pour la semaine. Les enfants les regardaient vivre en famille avec leurs petits scorpionnaux sur le dos. Et surtout, surtout, grâce à leur nouveau venin fulgurant, breveté « Animal Farm », ils étaient les seuls animaux capables de vous débarrasser sur-le-champ d'un... lion.

Un monde trop bien pour moi

— *Psst*, il faut te lever, c'est l'heure.

Luc marmonna quelque chose, roula sur le ventre puis plongea tête la première dans ses oreillers. Quelques rayons de soleil passaient à travers les persiennes, zébrant la chambre de lueurs blafardes.

— Hé, tu n'as pas entendu ? Il faut se lever maintenant ! insista le réveille-matin d'un ton moins amical.

— Oh ! Ça va, grogna Luc.

Bougon, il se redressa au bord du lit. La lumière s'intensifiait peu à peu. Il frotta ses yeux gonflés de sommeil, se leva et enfila ses pantoufles une à une.

— Allez, en avant ! fredonnèrent les chaussons à l'unisson.

Luc se laissa conduire jusqu'à la cuisine en ébouriffant ses cheveux.

— Bonjour ! lui lança avec entrain la porte en s'ouvrant largement.

— Bonjour, quel bonheur de te voir ! reprirent en chœur les divers ustensiles sur les étagères.

Dire que jadis il appréciait ces prévenances...

— Un grand crème bien mousseux avec des toasts et de la marmelade, ça te revigorera ! dit la chaise en s'écartant obligeamment.

Luc avait de plus en plus de mal à supporter ces objets conviviaux. Cette mode était devenue pesante. Certes, son appartement était parfaitement ordonné, la batterie d'aspirateurs, dépoussiéreurs et autres balais automatiques s'acharnait à tout faire briller du sol au plafond. Certes, sa machine à laver, de connivence avec son panier à linge, dégurgitait à heure fixe des kilos de vêtements propres et parfumés que le fer vapeur amidonnait dix fois en sifflotant la *Neuvième* de Beethoven.

Grâce à l'électronique miniaturisée, on avait pu installer des micros et des synthétiseurs vocaux absolument partout. La présence quasi humaine des gadgets n'avait d'autre fin que de rendre la vie plus douce car on s'était aperçu que de plus en plus d'habitants vivaient seuls. Mais trop, c'était trop ! Les moindres ustensiles finissaient par prendre des initiatives. Les chemises se boutonnaient d'elles-mêmes. Les cravates se lovaient comme des serpents autour de votre cou. La télévision et la chaîne hi-fi se disputaient pour savoir qui allait divertir le maître de maison...

Luc en venait parfois à regretter les bons vieux objets silencieux. Les objets avec un bouton ON/OFF. On n'en trouvait plus que chez les antiquaires : des réveils à ressort qui sonnaient en frappant une petite cloche de métal, des portes qui grinçaient, des pantoufles inertes et sans danger. Bref, des objets qui ne singeaient pas la vie.

Luc fut tiré de sa rêverie par le grincement des roulettes de la poêle. D'un mouvement de son bras articulé elle saisit un œuf, qui fut brisé et jeté dans l'huile. Derrière elle, le café chaud coula dans une tasse.

— Et voilà du bon café de Colombie ! annonça la tasse fumante en entonnant un air de flûte des Andes.

— Pour qui l'œuf au plat ? questionna l'assiette.

— Pour Luc ! répondirent la fourchette et le couteau en se rangeant près d'elle.

La serviette bondit autour de son cou et Luc grimaça. Un jour, si ça continuait, cette maudite serviette finirait par l'étrangler. Par mesure de rétorsion, il fit des taches dessus. La serviette ne se vexa pas outre mesure. Dans son coin, le lave-linge lorgnait avec gourmandise le carré de tissu maculé de jaune d'œuf.

— C'est bon ? demanda le distributeur de café, assez fier de lui.

Pas de réponse. Ne sentant pas venir d'intérêt pour une nouvelle tasse, il relâcha poussivement la vapeur.

— Vous n'avez pas aimé votre petit déjeuner ? interrogea le presse-agrumes sur le ton d'un major-dome inquiet.

Luc se leva brusquement, les pommettes empourprées. C'était ridicule et inutile de s'énerver contre sa batterie de cuisine mais il n'en pouvait plus. Ce matin, les objets le rendaient hystérique.

— Fou-tez-moi-la-paix !

Un lourd silence s'installa.

— OK, les gars, laissons-le tranquille, Luc aime bien manger en toute quiétude, émit le grille-pain, tout en étalant une belle couche de margarine salée et de marmelade sur une tranche de pain de mie dorée.

Soudain, la radio brailla :

— Et maintenant voici les nouvelles du jour, et d'abord la météo.

— La ferme ! cria Luc, fustigeant du regard le poste qui se tut aussitôt.

Mais la télé prit le relais :

— Bonne journée à tous. Vous devez être en plein petit déjeuner et je vous souhaite vraiment un..., clama le présentateur au sourire étincelant.

Luc arracha la prise électrique. Heureusement la radio et la télé étaient suffisamment archaïques pour qu'on puisse encore les débrancher manuellement. Les objets de nouvelle génération, eux, étaient dotés de piles inépuisables incrustées dans le métal et il n'y avait aucun moyen de les leur enlever.

Luc mastiqua bruyamment et apprécia le répit proposé par le grille-pain.

— Merci, grille-pain, dit-il en regagnant sa chambre.

— Pas de quoi, Luc. Je sais ce que sont les matins difficiles.

Luc ne prêta pas la moindre attention à cette réponse. Les phrases prononcées par les objets étaient mémorisées sur des supports magnétiques. Un système informatique permettait de donner le change en singeant les dialogues humains. Au début, ces dialogues étaient simples, du type : « Oui, non, merci, s'il vous plaît », mais peu à peu, les programmes s'étaient sophistiqués. Ils savaient dire : « Demain est un autre jour », « T'en fais pas, cela va s'arranger », « Reste cool, ça ne vaut pas la peine de s'énerver pour si peu », « La météo semble s'améliorer » et toutes sortes d'autres phrases neutres, aptes à rassurer un déprimé. « Toujours plus convivial, toujours plus humain », telle était la devise des fabricants de gadgets.

— J'en ai marre de ces objets qui parlent, marmonna Luc entre ses dents.

— Ça sonne ! remarqua le vidéophone au même instant. (Et comme il n'obtenait pas de réponse de la part de Luc, il hurla de plus belle :) Un visiteur, ça sonne !

— J'avais compris, dit Luc.

— Tu prends ou j'enregistre ? demanda le vidéophone.

— Qui est-ce ?

— Une femme, plutôt jeune.

— Elle est comment ?

— Mignonne, elle ressemble un peu à ton ex, remarqua le vidéophone.

— C'est pas le meilleur critère. Encore une hystérique probablement. Bon, passe-la-moi.

Un visage avenant apparut sur l'écran.

— Monsieur Luc Verlaine ?

— Lui-même. C'est à quel sujet ?

— Je me nomme Johanna Harton, c'est pour un sondage.

— Quel genre de sondage ?

— Nous faisons une étude pour affiner les phrases-dialogues d'un robot érotique féminin.

La caméra du vidéophone zooma lentement sur sa poitrine, qu'elle avait très généreuse.

Luc fut gêné par cette initiative mais il dut reconnaître que c'était exactement le genre de détail qui l'intéressait.

— Je suis en bas de votre immeuble. Puis-je monter ?

Luc se gratta le menton. Il regrettait d'être aussi mal rasé mais, la veille, il avait réduit en bouillie son rasoir électrique qui voulait le raser au beau milieu de son petit déjeuner. Il devrait en acheter un neuf.

— C'est bon, entrez !

La fille blonde était une cambrioleuse. Dès que la porte s'était ouverte, pistolet au poing, elle avait rapidement maîtrisé l'imprudent.

Trois minutes plus tard, la visiteuse avait ficelé Luc Verlaine à une chaise et s'affairait à dévaliser son appartement.

— Alors, monsieur Verlaine, on fait moins le mariole quand on n'est plus protégé par sa porte blindée et les caméras de son vidéophone, insinua Johanna Harton qui, de près, possédait une poitrine encore plus belle qu'à l'écran.

Elle attrapa le grille-pain et le jeta dans un grand sac, puis elle s'empara de la machine à café.

— Au secours ! cria la machine, paniquée.

— Tiens, mais c'est une de ces nouvelles machines qui font du très bon café colombien, remarqua Johanna.

— Oui, répondit Verlaine à contrecœur.

— Aïe ! s'exclama-t-elle.

La porte du couloir venait de lui coincer les doigts.

D'un violent coup de pied, elle la fit sauter de ses gonds.

— Arrêtez, ce ne sont que des objets, dit Luc.

— Objets inanimés, avez-vous donc une âme ? soupira-t-elle en s'emparant du magnétoscope.

— La police va arriver, avertit Luc.

— Rien à craindre, ils n'interviendront pas si le vidéophone ne les appelle pas, et j'ai arraché les fils.

De fait, le pauvre vidéophone s'échinait en vain à composer le numéro de police secours ou des pompiers sans même s'apercevoir qu'il était débranché.

— Désolé, Luc, souffla-t-il après plusieurs essais.

— T'en fais pas, Luc, on va trouver un moyen de te sortir de là, lui glissa la chaise à laquelle il était saucissonné.

Et en effet elle entama des mouvements de vibration qui eurent pour conséquence de desserrer les liens.

Puis un canif s'approcha des cordes de ses mains.

— Chut, c'est moi. Fais comme si de rien n'était.

Et le canif cisailla sans bruit les nœuds.

Johanna s'approcha de Luc Verlaine immobilisé et, avec un sourire sardonique, plaça son visage à quelques centimètres du sien. Si près, il pouvait respirer son parfum et sa sueur. Qu'allait-elle lui faire ? Elle s'approcha davantage et lui accorda un long baiser, profond et langoureux.

— Merci pour tout, soupira-t-elle en partant.

Il secoua d'un coup sa chaise. Au même instant, les liens cédèrent dans son dos grâce aux efforts du canif. Luc bascula en avant et tomba assommé.

Lorsqu'il se réveilla, il sentit sur le haut de son crâne une bosse douloureuse. Il regarda son appartement entièrement dévasté. Les portes étaient arrachées, il n'y avait plus de grille-pain, plus de machine à café, plus de réveil. Plus de bruit. Il était seul. Devait-il éprouver de la reconnaissance à l'égard de cette cambrioleuse qui l'avait débarrassé de ses abominables objets conviviaux ou bien regretter ces appareils qui avaient tenté de l'aider ?

Il fallait qu'il sorte. Finalement, il ne supportait pas ce vide. Ce silence. Il se leva difficilement et attrapa son blouson.

Il descendit au café, juste en bas de chez lui. L'endroit était rassurant et familier.

— Ça n'a pas l'air d'être la forme, mon vieux,

remarqua le patron du bar, un gros homme moustachu et imbibé de bière jusqu'aux pupilles.

— Oui, j'ai souhaité quelque chose. Cela s'est produit et je le regrette.

— Tu as souhaité quoi, mon gars ?

— Ne plus dépendre des gadgets.

La chaise sur laquelle il était assis se mit à pouffer, rapidement suivie par tous les objets du bar et les autres clients.

— Tu n'as plus de gadgets chez toi ?

— On m'a tout volé.

— Dans ce cas, tu dois être bien seul. Je comprends ta détresse, allez, je t'offre une portion, dit le distributeur automatique de cacahuètes qui, s'étant attribué une pièce d'un euro, tendit généreusement une coupelle pleine d'arachides.

— Certains prétendent qu'aucun objet ne peut rendre complètement heureux, murmura le sucrier-verseur. Moi je ne suis pas d'accord.

— Moi non plus, affirma le cendrier.

Déprimé, Luc Verlaine ne dit rien. Il dédaigna les cacahuètes et se traîna vers une grande pendule qu'il prit entre quat'z-yeux.

— Objets inanimés, avez-vous donc une âme ?

À sa grande surprise, la pendule sembla se réveiller. Elle émit un claquement et lui répondit d'une suave voix féminine :

— Non, je ne crois pas. Nous ne sommes que peu de chose, monsieur. Des babioles conçues par des ingénieurs sans originalité. Nous ne sommes que de l'électronique. Rien de spirituel là-dedans. Rien de spirituel.

— Yes, confirma le juke-box, nous ne sommes que des machines programmées, seulement des machines.

Et le juke-box déclencha un vieil air de jazz New Orleans très triste, qui mit la larme à l'œil à la vieille pendule déglinguée et à la plupart des bouteilles de whisky des étagères. On eût dit que tous les appareils du bar avaient le blues. Mais non, se reprit Luc Verlaine. Ils n'ont pas d'âme.

Il sortait du café lorsqu'il aperçut devant lui la blonde qui l'avait cambriolé le matin même. Quel toupet ! Après l'avoir dévalisé, elle osait encore s'attarder dans le quartier. Son sang ne fit qu'un tour. Ses lèvres cependant se souvenaient encore de son baiser. Pris d'un besoin de lui parler, il courut derrière la jeune femme et la saisit par l'épaule. Elle sursauta mais parut rassurée en reconnaissant Luc.

— Vous ne sortiriez tout de même pas votre revolver au beau milieu de la rue ? lui lança-t-il.

— Moi non, mais lui n'en fait qu'à sa tête.

Il ne se passa rien. Le revolver dormait dans sa poche.

Luc s'interrogeait. Devait-il la contraindre à le suivre au commissariat le plus proche ?

— Je ne vous en veux pas pour les objets, vous savez. Je vous en suis presque reconnaissant, dit-il. Votre baiser...

— Quoi, le baiser ? s'impatienta la jeune femme.

Luc hésita. Il n'avait pas coutume d'aborder les

femmes dans la rue, mais il fallait bien admettre que là, les circonstances étaient particulières.

Elle éclata de rire et le plaqua contre le mur, le maintenant d'une pression ferme sur les épaules. Luc se demandait si ç'avait été une si bonne idée de la rattraper lorsqu'elle saisit brusquement le col de sa chemise. D'un geste sec, elle tira sur le tissu et lui découvrit la poitrine. Il en fut si surpris qu'il n'osa ni bouger ni parler. Il suivit simplement du regard la main de la femme qui plongea droit en lui.

La peau de Luc se déchira. Il crut qu'il allait mourir mais ne vit aucun sang jaillir de son torse. La jeune femme ouvrit une trappe dans son épiderme à peine recouvert de poils roux et extirpa un cœur artificiel.

— Vous croyez que vous seriez capable d'aimer avec ça ? s'exclama-t-elle en lui posant le cœur artificiel dans la main. Quelle impudence ! J'ai devant moi une machine qui se permet de juger les machines ! Objets inanimés, avez-vous donc une âme ? La vraie question serait : Humains animés, avez-vous donc une âme ?

Elle fixait l'organe rouge palpitant et Luc le contempla qui grésillait dans ses paumes :

— ... C'était pas la peine de faire le fier, de se croire différent. C'est du modèle courant. Ce n'est qu'un cœur à horlogerie hydraulique.

Elle le saisit et le replaça dans la trappe de son poitrail qu'elle referma d'un coup sec. Puis, devant la mine décomposée de Luc, elle lui ébouriffa gentiment les cheveux.

— Moi aussi j'en dissimule un, identique, derrière mes seins. Il y a belle lurette qu'il n'existe plus d'organismes vivants sur la Terre, expliqua-t-elle. Nous sommes tous des machines qui nous croyons vivantes parce que nos cervelles sont programmées pour nous en donner l'illusion. La seule différence entre un distributeur de cacahuètes et vous, c'est que vous rêvez. Réveillez-vous.

Le totalitarisme douceâtre

CHAÎNE 5 : ÉMISSION SOCIOLOGIQUE : « Un siècle, une œuvre ». Chers téléspectateurs, pour cette émission de sociologie prospective, nous parlerons du livre d'Orwell, *1984*. L'écrivain anglais y décrivait ce qu'il s'imaginait être l'avenir certain de l'humanité : une société totalitaire où tout un chacun serait contraint de penser de la même façon. Or, aujourd'hui, force est de constater qu'Orwell s'est complètement trompé. Les citoyens de notre pays parfaitement démocratique ne supporteraient pas d'être la proie perpétuelle d'une quelconque propagande officielle, aucun camp de rééducation n'attend nos intellectuels rebelles, nos rues sont libres de toute caméra de surveillance, et la nation honnirait tout fichage organisé. Eh oui, Orwell s'est trompé.

CHAÎNE 2 : ÉMISSION LITTÉRAIRE : Pour cette session littéraire dont le thème sera « les grandes idées qui vont changer notre époque », nous recevrons Jean-Pierre de Bonacieu, académicien. Je dois l'avouer, à ma grande surprise, Jean-Pierre, j'ai constaté en relisant mes fiches que pour cette émission, riche

maintenant de cinquante années d'existence, vous
êtes l'écrivain que j'ai le plus souvent reçu sur
mon plateau. Une palme, en quelque sorte. Dans
votre dernier ouvrage, sobrement intitulé *Mes ché-*
ries, vous évoquez vos amours de jeunesse et vous
nous en contez de belles sur toutes ces jeunes
filles et jeunes femmes qui vous ont connu et
aimé. Mais dites donc, Jean-Pierre, vous êtes un
fieffé coquin. À vous lire, on constate qu'aucune
prouesse sexuelle, nulle posture acrobatique digne
du Kama-sutra ne vous rebute. Expliquez-nous
alors comment l'on peut être écrivain, fils d'écrivain, petit-fils d'écrivain, éditorialiste au quotidien
La Presse, juré du Grand Prix du premier roman,
directeur de collection aux éditions Talleyrand et...
Casanova ?

CHAÎNE 4 : TALK-SHOW : Salut, ami spectateur. Tu
es sur la chaîne iconoclaste, celle qui n'a pas peur
d'aller à l'encontre des modes et des institutions
et traque la langue de bois. Ici, nous sommes tous
jeunes et bien décidés à nous moquer de tout ce
qui n'est pas chébran. Aujourd'hui on va te causer
d'un véritable chef-d'œuvre. Zoome, zoome,
Albert, zoome mon garçon sur la couverture. Je
veux, bien sûr, parler de *Mes chéries*, le dernier
livre coup de poing de Jean-Pierre de Bonacieu.
Ah, c'est de la bombe. Chaque page est un
orgasme. Il paraît que ça fait grincer les dents des
grincheux. Tant mieux. Vas-y, Jean-Pierre. On est
avec toi. C'est triste mais c'est ainsi : dès qu'un
esprit libre parle librement de sexualité, il y a aus-

sitôt des coincés pour en appeler au retour de la censure. Nous sur la chaîne 4 on dit : Bravo, vas-y Jean-Pierre. D'ailleurs, si tu m'entends, je tiens à te signaler que j'ai particulièrement apprécié ton chapitre sur les clubs échangistes. Ce type s'est tapé en une soirée une dizaine de top-models, ouais, ça c'est super. Ça nous change de cette littérature pleine de toiles d'araignées. C'est fun. Sur Fanal 4, en tout cas, téléspectateur, on te le dit, si tu veux être dans le coup, n'hésite pas à lire ce coup de poing dans la gueule des grincheux. *Mes chéries*, éditions Talleyrand, c'est vraiment super.

CHAÎNE 1 / INFORMATIONS : Et pour finir, profitons d'une page « loisirs » pour évoquer l'excellent livre de l'académicien Jean-Pierre de Bonacieu, *Mes chéries*, où l'auteur avec sa verve coutumière nous fait revivre un parcours très gaulois. On y apprend ainsi qu'il a visité tous les clubs échangistes, et il nous en dresse un catalogue plein d'humour et de style. On découvre, au détour d'une page, que ce brillant écrivain adore fumer le cigare tandis qu'une demoiselle lui prodigue une petite gâterie. Les mots sont plus crus dans le texte mais même à cette heure, je ne voudrais pas faire rougir le téléspectateur ayant constaté combien ces friponneries ont titillé notre rédaction. À 98 ans, Jean-Pierre de Bonacieu n'a pas fini d'être en tête des listes des meilleures ventes. À peine sorti des presses, son livre s'arrache déjà dans les librairies. Après le film, ce soir, nous consacrerons d'ailleurs une rétrospective à ce grand auteur qui a dédié sa vie aux cigares, aux femmes, aux voitures de collection et, bien sûr, à la littérature française dont il est l'un des plus brillants fleurons. *Mes chéries*, éditions Talleyrand, 110 francs.

CHAÎNE 3 / JOURNAL : Fait divers du jour, le suicide d'un étudiant en biologie, Bertrand Adjemian. Il était l'auteur de *La Conjuration des imbéciles en blouse blanche*, un ouvrage de science-fiction sur le clonage humain refusé par tous les éditeurs sur la place de Paris. Dans une lettre laissée à sa mère, il se déclare las de ce monde ingrat et ignare. Sa mère a décidé d'affronter à son tour le milieu de l'édition pour que l'œuvre de son fils ne sombre pas dans l'oubli. Il se peut que ce trépas tragique lui en ouvre enfin les portes.

CHAÎNE 7 / INFORMATIONS : Le président de la République prend une semaine de vacances. Cette année, il a choisi la Côte basque pour se détendre en famille. Profitons-en pour lui poser quelques questions en exclusivité pour la septième chaîne.

— Monsieur le Président, enfin un repos bien mérité après une année éprouvante. Pouvez-vous nous confier quelles lectures vous emportez ?

— J'ai besoin de me reposer, aussi, pour une fois, je n'ai pas pris de dossiers mais un vrai roman. J'ai choisi le dernier ouvrage très controversé de Jean-Pierre de Bonacieu, *Mes chéries*.

— Pouvez-vous nous expliquer pourquoi ?

— Je suis la carrière de Bonacieu depuis ses débuts, lorsqu'il ne jouissait pas encore de toute cette notoriété. C'est devenu un ami et il vient souvent dîner à l'Élysée. J'ai toujours apprécié son franc-parler, sa verve, j'aime son style. Je lis tous les jours ses chroniques dans *La Presse* et je les trouve très rafraîchissantes.

— Mais n'êtes-vous pas choqué par certains passages ?

— Il ne faut pas sortir ces expressions de leur contexte. C'est la langue utilisée communément et il était temps qu'un écrivain reconnu ait le courage de s'en servir pour s'exprimer de la même manière que ses lecteurs. Pour ma part, je ne me joindrai jamais à ces mesquins qui dénigrent l'œuvre de Bonacieu. Bien au contraire, je le soutiens de tout mon cœur et je resterai, quoi qu'il arrive, son fidèle lecteur. Pour reprendre une phrase qui lui est chère, « moi aussi, je suis un esprit rebelle ».

— Sans vouloir gâcher une minute de vos loisirs si rares et si précieux, monsieur le Président, que pensez-vous de tous ces préavis de grève qui...

— Alors là, je vous arrête. Adressez-vous au Premier ministre...

CHAÎNE 8 / MAGAZINE D'ACTUALITÉ : Beaucoup de remous après la sortie du livre de Jean-Pierre de Bonacieu. Un groupe de féministes en colère a envahi une librairie pour dénoncer ce qu'elles qualifient d'« autoglorification en forme de bilan émanant d'un phallocrate patenté ». Elles ont vilipendé *Mes chéries* et son langage, selon elles vulgaire et cru. Il est vrai que l'auteur décrit complaisamment des scènes de fellation associée à la consommation de cigares et de whisky. En tout cas, ce tapage autour de l'œuvre du célèbre académicien profite à *Mes chéries* puisque le livre vient de dépasser en deux semaines la barre record du million d'exemplaires vendus.

Mais écoutons ce qu'en pense l'intéressé. La parole à Jean-Pierre de Bonacieu en personne.

— En ces périodes de morosité et de récession, le public a envie qu'on lui parle d'amour. Il est las de tous ces morts, ces guerres, ces attentats, ces accidents que ressassent les journaux et les télévisions. La vache folle et le sida, merci bien. Moi, à travers mes souvenirs personnels, je veux rendre la bonne humeur à mes lecteurs. Et tant pis si quelques scènes paillardes hérissent les grenouilles de bénitier. Je m'en tape. Je suis un rebelle. À bon entendeur, salut ! Maintenant, si j'ai un conseil à donner à mes compatriotes : faites comme moi, vivez des expériences extrêmes, vous verrez, c'est passionnant.

CHAÎNE 9 / INFORMATIONS. Alors que le pays tout entier est paralysé par les grèves, que des millions de passagers furieux s'impatientent dans les gares et les aéroports, que des automobilistes au bord de la crise de nerfs abandonnent, faute d'essence, leurs véhicules au beau milieu des autoroutes, que de jeunes appelés remplacent tant bien que mal les éboueurs qui exigent des revalorisations de salaires, rendons visite à l'un de nos reporters sur le terrain. À vous Philippe Leroux.

— Oui, François, eh bien je suis sur le quai de la gare Montparnasse où Angélique, étudiante de

18 ans, désespère de prendre le train pour rentrer chez elle ce week-end. Comment occupez-vous cette attente, mademoiselle ?

— Je lis. J'ai acheté le dernier exemplaire de *Mes chéries* au kiosque, juste avant qu'il ferme. Au début j'ai trouvé ça un peu dégoûtant mais finalement je crois que c'est un grand roman. Je me figurais que les écrivains classiques étaient barbants et là, je découvre au contraire un aventurier de l'amour. Cette scène où il décrit pendant deux pages les seins de la fille, et où l'on s'aperçoit qu'il s'agit d'un travesti brésilien, est assez surprenante.

Cent ans plus tard.

CHAÎNE 2 / ÉMISSION LITTÉRAIRE. « Un siècle, une œuvre ». Notre émission célèbre aujourd'hui ses cent cinquante ans d'existence et nous avons décidé de la consacrer à une œuvre majeure, *La Conjuration des imbéciles en blouse blanche* de Bertrand Adjemian. Pour en parler, nous avons invité le biographe le plus talentueux de cette génération et en particulier l'exégète de la vie et de l'œuvre de Bertrand Adjemian, j'ai nommé Alexandre de Bonacieu. Nous ne disposons, hélas ! d'aucune image filmée ni d'aucune interview de Bertrand Adjemian mais vous, en revanche, vous avez eu la chance de rencontrer son arrière-arrière-petite-cousine.

— Oui, et elle m'a tout raconté sur son célèbre

parent. Bertrand Adjemian était un visionnaire. Il avait compris que le clonage humain allait bouleverser notre temps. Il a tenté d'alerter les populations mais toutes les maisons d'édition sans exception ont refusé de s'intéresser à l'ouvrage d'un inconnu. Il en a été si désespéré qu'il s'est suicidé. Après son décès, sa mère est parvenue à le faire publier à compte d'auteur, mais dans ces conditions, à sa sortie, le livre est passé totalement inaperçu.

— Incroyable quand on sait que, désormais, il est étudié dans toutes les écoles et que les élèves en apprennent des chapitres par cœur.

— Aucun critique littéraire ne lui a alors consacré la moindre ligne, pas même pour en dire du mal.

— Comment expliquez-vous ça ?

— Pour eux, c'était simplement de la science-fiction, genre considéré par l'intelligentsia comme de la littérature de gare. C'est l'inertie du « consensus mou ». Pourtant, Adjemian était un grand écrivain. Son style est limpide, pas de fioritures, pas d'effets de manches. Pour soutenir ses idées, il use d'une langue fluide, simple, directe. Cependant, plus que d'un écrivain, il s'agissait d'un visionnaire. Il avait compris son époque et les problèmes qu'introduirait la génétique dans notre vie quotidienne.

— Des exemples ?

— Il évoquait, dans sa *Conjuration*, des parents qui fabriquaient des clones de leurs enfants afin de disposer de réserves d'organes parfaitement compatibles en cas d'accident. Ces clones seraient utilisés à des fins d'expériences médicales, à la place de cobayes ou de chimpanzés. Il a même décrit comment les politiciens noieraient le poisson en assurant que les clones fourniraient des réserves inépuisables de soldats pour les prochaines guerres. Personne n'avait lu *La Conjuration des imbéciles en blouse blanche*. On a donc permis la poursuite des expériences sur les clones humains sans que personne n'y trouve à redire.

— L'attention avait été en quelque sorte détournée ?

— Comme dans un tour de magie. On fait diversion à gauche alors que la manipulation se produit à droite sans que nul ne s'en aperçoive. Quand on pense qu'il aurait suffi d'un article dans un grand hebdomadaire ou d'un passage à la télévision pour que le livre démarre en flèche ! C'était de la dynamite. La moindre étincelle aurait suffi à la faire exploser. Malheureusement, ce n'est que cinquante ans plus tard, lorsque le problème des clones a pris l'ampleur que l'on sait, qu'un journaliste est tombé par hasard, chez un bouquiniste, sur l'un des rares exemplaires subsistant encore. Il s'est enthousiasmé, a enfin écrit un article, et, une semaine plus tard, *La Conjuration* s'envolait vers un succès phénoménal sur toute la planète.

— Dites-moi, qu'est devenue la mère de Bertrand Adjemian ?

— Le suicide de son fils l'a détruite. Après être

si péniblement parvenue à faire paraître son œuvre, elle a été très démoralisée par l'absence de retentissement. Peu à peu gagnée par la folie, elle est morte quatre ans plus tard à l'hôpital psychiatrique où il avait fallu l'interner. Elle n'a donc pas vécu la réussite de son fils.

— Cher Alexandre de Bonacieu, vous avez accompli un travail colossal pour rassembler toutes ces anecdotes, tous ces détails sur la courte vie de Bertrand Adjemian.

— Pour chacune de mes biographies, j'étudie à fond la vie de mes héros, et quand on le connaît un peu, Adjemian apparaît comme un vrai personnage de roman. Un garçon sensible, attachant, un peu introverti, certes, mais parce qu'il portait en lui un monde intérieur d'une richesse inouïe. C'est ce que j'ai essayé de transmettre au travers de mon livre. D'ailleurs, Adjemian n'est pas le seul cas d'auteur découvert après sa mort. De son vivant, Stendhal n'avait vendu que deux cents exemplaires du *Rouge et le Noir*, et n'avait eu droit qu'à une seule critique littéraire, émanant certes de Balzac ! Comme le dit le proverbe : Lorsque le sage montre la lune, l'imbécile regarde le doigt.

— Merci. Nous ne saurions en tout cas trop conseiller d'acheter le livre d'Alexandre de Bonacieu qui nous raconte tout, absolument tout, sur la vie de Bertrand Adjemian, auteur d'un siècle ingrat. Je sais que le tirage de cette biographie est déjà énorme, toutes nos félicitations. Votre aïeul aurait été fier de vous.

— Ce qui compte pour moi, c'est de restaurer la mémoire d'un écrivain injustement méconnu en son temps. Que le public le lise et comprenne son message et je serai comblé.

— Pour en savoir plus sur la vie et l'œuvre de Bertrand Adjemian, tous chez votre libraire pour cette somptueuse biographie de Bonacieu : *Adjemian, un visionnaire dans une époque d'imbéciles*, éditions Talleyrand, 110 euros.

L'ami silencieux

Les nuages s'effilochent et je pense.
Du plus profond de ma mémoire, je ne t'ai jamais oubliée.
Je t'aimais tant...

Les trois amies se retrouvèrent devant l'immeuble, étui à violon gainé de cuir noir à bout de bras.

Une brune, une blonde, une rousse.

Elles portaient pour l'occasion leurs escarpins de velours à talons hauts et leurs robes de satin noir fendues sur le côté.

Charlotte, la rousse, dit en crispant la main sur son étui :

— J'ai un de ces tracs.

Anaïs, la brune, eut un frisson. Elle articula :

— Et moi donc. Et si on échouait ?

Marie-Natacha, la blonde, s'efforça de paraître plus sûre d'elle, en dépit de ses paumes moites qui commençaient à marquer la poignée de son étui à violon.

— De toute façon, nous ne pouvons plus faire demi-tour. Il faut y aller.

— Si j'ai un trou, vous me soufflerez ?

— Tu as été très bien aux répétitions. Pas la moindre fausse note. Aucun couac. Il n'y a pas de raison que tu te plantes.

Elles se regardèrent, s'efforçant de sourire pour se donner du courage.

— J'aime pas les examens, grommela Anaïs.

— Surtout que là, si on rate, on sera recalées pour longtemps ! renchérit Charlotte, narquoise.

— Mais si nous renonçons, nous ne saurons jamais si nous en étions capables, conclut Marie-Natacha.

Pour se donner du nerf, Anaïs fredonna une valse de Strauss : *Le Beau Danube bleu.*

Elles pénétrèrent avec détermination dans la bijouterie Van Dyke & Carpels.

Quelques minutes plus tard, les alentours résonnaient d'arias improvisées sur le thème de « Arrêtez-les ! arrêtez-les ! », accompagnées, pour la partie mélodie, par la sirène d'alarme de l'établissement.

Un jour je sais que je disparaîtrai et avec moi s'éteindront tous mes souvenirs.

Je me sens par moments si fatigué.

Elles ôtèrent leurs loups noirs.

— On l'a fait, les filles ! Bon sang ! On l'a fait, on a réussi !

Ensemble, elles éclatèrent de rire et poussèrent des cris de victoire en lançant leurs masques en l'air. Toute la pression se relâchait enfin.

Elles se tapèrent dans les mains comme des joueuses de basket-ball après un panier marqué. En joie, elles s'étreignirent.

Elles étaient maintenant à l'abri dans la forêt, loin du tumulte qu'elles avaient engendré. Leur vieux 4 × 4 Range-Rover avait facilement semé leurs poursuivants qui ne disposaient pas de voiture tout-terrain.

— Voyons, montre le butin, dit Charlotte.

Elles se penchèrent toutes trois sur le sac en peau de chamois que tenait Anaïs. Celle-ci l'ouvrit, dévoilant un amoncellement de diamants.

— Que c'est beau !

Elles restèrent un long moment à contempler les joyaux.

— J'ai eu si peur.

— Tu te rappelles quand le type a déclenché l'alarme et que tu as juste eu le temps de nous passer la dernière pierre ?

L'action s'était déroulée à peine une heure plus tôt et elles commençaient déjà à en discuter les péripéties comme les vétérans d'une grande bataille.

— Allez, c'est le moment de faire le partage, décréta Anaïs.

Elles ouvrirent chacune leur étui à violon et en tirèrent un œilleton-loupe de bijoutier, une petite pince à épiler et des pochettes en peau de chamois.

La main plongea dans le sac.

— Un 12 carats pour Charlotte, un 12 carats pour Marie-Natacha, un 12 carats pour moi.

Anaïs effectuait la distribution avec application. Chacune recevait sa pierre, l'examinait, yeux écarquillés, l'admirait, puis la déposait délicatement dans sa pochette.

Après les 12 carats, ce fut le tour des 16 carats, puis des 18. Des pierres rares et d'une pureté exceptionnelle.

— Aucun type ne pourra m'offrir de tels joyaux.

— Avec ça nous sommes tranquilles jusqu'à la fin de nos jours.

— Moi, je ne les vendrai pas. Serties et montées, elles donneront le plus beau des colliers.

— Moi, j'en ferai sertir la moitié et pour le reste je verrai.

Anaïs poursuivit la distribution.

— Un pour Charlotte, un pour Marie-Natacha, un pour moi.

— Attends une minute, souffla Marie-Natacha, tu n'en as pas pris deux, là ?

Silence. Les prunelles se défiaient. Chacune scruta les deux autres.

— Pardon ?

— Il me semble que tu t'en es attribué deux au lieu d'un. Recompte.

Anaïs examina sa bourse, recompta.

— Ah oui tu as raison, désolée, au temps pour moi.

La minute de tension se dilua.

— Tu ne t'es quand même pas imaginé que je l'avais fait exprès, j'espère ?

— Non, bien sûr. Une erreur, ça arrive à tout le monde.

Autour d'elles, le chant des grillons se faisait moins présent tandis que la soirée avançait. Quelques oiseaux, des vers dans le bec, rentraient nourrir leur nichée alors que des nuages plus opaques glissaient dans le ciel.

La première fois que j'ai rencontré Anaïs, elle devait avoir sept ans. C'était une petite gamine aux grands yeux verts et à la bouche rose.

Elle portait une robe de popeline jaune et un grand chapeau translucide à ruban de soie.

Elle s'est plantée devant moi et m'a fixé avec son petit air charmant.

Elle m'a dit : « Toi, tu n'es pas n'importe qui. Faut qu'on se parle. »

C'est vrai. Je ne suis pas « n'importe qui ».

Un hibou ulula. La nuit commençait à tomber et les filles terminaient la distribution à la lumière des phares de la Range-Rover.

— Voilà. Nous n'avons plus qu'à rentrer chez nous et nous détendre un peu.

Charlotte ne partageait pas l'enthousiasme de ses deux associées.

— Il y a un problème. Ces pierres sont répertoriées, et donc facilement identifiables.

— Que faire alors ?

— Dénicher un type qui les retaille.

— Qu'est-ce qui empêcherait ce receleur de nous dénoncer ?

— On ne s'est quand même pas donné tout ce mal pour rien.

Anaïs tapa dans son poing.

— Peut-être pas. Je suis sortie avec un expert en bijoux. Il m'a dit qu'en général, les pierres sont recensées un an durant sur des listes particulières, destinées à la profession. Passé ce laps de temps, elles deviennent plus faciles à fourguer.

Les trois filles se dévisagèrent.

— Et en attendant ? On les cache sous nos matelas ?

— Si nous les gardons chez nous, nous serons tentées de les vendre. Moi, je propose que nous les cachions ici. Ensuite, rendez-vous dans un an, dans cette clairière, pour récupérer notre trésor ensemble.

Instant de flottement.

Charlotte tendit une main ouverte, paume vers le ciel :

— OK pour moi.

Les deux autres posèrent leur main sur la sienne.

— OK pour moi aussi.

— OK.

— Toutes pour une. Une pour toutes. Nous sommes les « Louves noires ». Que dites-vous de ce nom ? Nous portons des loups et nous nous cachons dans la forêt, non ?

Elles restèrent un moment main contre main.

— Et alors, les louves, nous les enterrons où, les diams ?

— Inutile de creuser, il n'y a qu'à les confier à Georges.

— Georges ?

Elles tournèrent la tête vers lui.

À ma deuxième rencontre avec Anaïs, elle m'a dit : « Aujourd'hui mon grand-père est mort. Il te ressemblait beaucoup. Il parlait peu, lui aussi. Mais je l'aimais énormément. Je crois que c'est son regard qui faisait tout passer. Je sentais qu'il m'écoutait et qu'il me comprenait. Il s'appelait Georges. Ça te gêne si je t'appelle Georges ? »

— Georges ?

— Georges est la seule solution, insista Anaïs.

Charlotte pouffa.

— Georges !

Marie-Natacha haussa les épaules.

— Tu crois vraiment que nous pouvons lui confier notre trésor ?

— Oui. Il sera patient et discret. Le complice parfait. Il ne fera rien qui puisse nous porter préjudice. Jamais. N'est-ce pas, Georges ?

Marie-Natacha releva sa longue mèche blonde et le toisa avec dédain.

— Ce n'est quand même qu'un...

Elle éclata de rire.

— Bah, après tout, pourquoi pas !

Elles confièrent donc leur butin à Georges. Anaïs se tourna vers lui et dit :

— Merci, Georges, pour ta compréhension.

Puis elle l'embrassa.

La troisième fois, Anaïs m'a confié que ses parents lui faisaient rencontrer une psychothérapeute. « Une fois j'ai dit que j'ai rêvé de toi, et tu sais ce qu'elle a répondu ? Que c'était malsain. C'est malsain que je rêve de toi, Georges ! Je te demande un peu ! »

Les trois filles étaient dans la forêt, les orteils en éventail séparés par de petits cotons. Elles se passèrent le flacon de vernis anthracite. Comme c'était l'été et qu'il faisait chaud, elles avaient décidé de porter des sandales à talons.

— Nous serons les premières bandites de grand chemin à soigner notre look, plaisanta Anaïs.

Elles se parfumèrent, rajustèrent leurs robes, déposèrent leurs loups et leurs revolvers dans leurs étuis à violon puis montèrent dans la voiture.

Quelques instants plus tard, dans un magasin Chartier, Anaïs lançait un sonore :

— Tout le monde à plat ventre !

Marie-Natacha tira une balle en direction du plafond.

Bien plus à l'aise que la première fois, elles se disposèrent en triangle dans le salon principal de la bijouterie, jambes légèrement écartées pour assurer la prise au sol, revolver fermement calé dans la paume.

— Hé ! Attention derrière !

Anaïs fonça et vit l'homme. Il avait eu le temps

d'appuyer sur une alarme avant qu'elle ne l'intercepte.

— Filons ! La cavalerie va bientôt débarquer !

Je ne sais pas ce qui lui a donné envie de me poignarder d'un coup de couteau. C'était un beau matin ensoleillé et Anaïs m'a dit comme ça :

« Georges, je voudrais sceller notre alliance. »

Elle a exhibé un long couteau de cuisine et elle l'a approché tout contre mon visage, en arborant toujours son petit air attendrissant.

Ensuite, elle a entaillé ma chair.

J'ai eu très mal. Cette balafre, je la conserverai probablement toute ma vie, je le savais. Mais je n'ai rien osé dire. Elle n'agissait pas méchamment.

Charlotte et Anaïs tiraillaient par les vitres de la Range-Rover tandis que Marie-Natacha conduisait avec détermination, dents serrées.

— Plus vite. Les flics nous rattrapent.

— Vise les pneus.

Il y eut des crissements puis une explosion.

— Bravo !

— En voilà d'autres !

— Ma parole, c'est un traquenard. Ils sont décidés à nous avoir !

Marie-Natacha zigzagua et emprunta brusquement une ruelle sur la droite. Il fallait semer les policiers.

Au bout d'un moment, elle put lever le pied,

tout semblait calme. La vieille Range-Rover s'immobilisa dans la forêt.

— Ouf, il s'en est fallu de peu.

Les Louves descendirent de voiture et, après un coup d'œil alentour, entreprirent d'ouvrir le sac contenant les diamants. Elles s'assirent en rond sans les compter.

— Georges commence à garder un sacré magot !

— Trois à quatre cent mille euros, à vue de nez. Et dire qu'on ne peut pas encore y toucher.

— Mieux vaut être raisonnables, croyez-moi. À présent, les filles, dit Anaïs, il y a bal chez ma mère ce soir. Profitons-en pour nous détendre un peu. De plus, nous sommes déjà en tenue de soirée !

— Il y aura des garçons ?

— Les plus beaux de la planète.

Anaïs, oh, ma petite Anaïs.

Je me souviens de la première fois que tu es venue ici et que tu m'as présenté un de tes amis. Je pense qu'il s'agissait de ton premier amant. Tu l'appelais Alexandre-Pierre.

Tu lui as dit : « Ne sois pas jaloux, Alexandre-Pierre. Lui, c'est Georges. Même si on s'aime tu dois savoir qu'il existe et qu'il compte beaucoup pour moi. Georges est mon confident. Georges est mon meilleur ami. »

Il m'a regardé avec dédain. Je me méfie toujours des gens qui ont un prénom double, genre

Jean-Michel ou Alexandre-Pierre. À mon avis cela signifie que leurs parents voulaient qu'ils aient à la fois un peu de la personnalité d'un des prénoms et un peu de la personnalité de l'autre. Ils n'ont pas su trancher entre les deux. Ils ont désiré le côté arrogant, conquérant, prétentieux d'Alexandre en même temps que le côté simple de Pierre. Les prénoms doubles donnent donc souvent des êtres doubles. C'est comme pour Marie-Natacha, d'un côté la sainte, de l'autre la vamp. Est-ce que je m'appelle Georges-Kevin, moi ?

Anaïs et Alexandre-Pierre ont fait l'amour à mes pieds. Je pense qu'Anaïs a fait exprès de s'ébattre devant moi. Pour me narguer.

Musique de Strauss. Valse viennoise.

Les trois filles tournoyèrent largement avec leurs cavaliers, puis se retrouvèrent toutes roses et tièdes au buffet pour siroter des martinis rouges avec glaçons et zestes de citron.

— Ah, les hommes, dit Anaïs.

— Eh oui, les hommes, approuva Marie-Natacha.

— Déjà à la maternelle, ils étaient si... prévisibles.

Elles s'esclaffèrent.

— Les garçons, on en fait vraiment ce qu'on veut.

— C'est pour ça que je préfère les diamants. Comme Marilyn Monroe. Ils sont plus difficiles à obtenir et ils ne déçoivent jamais.

Elles riaient, et toute la salle n'avait d'yeux que pour elles, si fraîches, si plaisantes...

La mère d'Anaïs arriva, accompagnée d'un homme chauve et corpulent.

Anaïs chuchota :

— Planquez-vous, voilà ma génitrice.

— Tu embrasses ton oncle Isidore ? dit la mère d'Anaïs.

La jeune fille consentit à lui faire une bise sur la joue.

— Salut, mon oncle. Je vous présente ma mère et mon oncle Isidore, et voici Marie-Natacha et Charlotte, mes copines. Alors, mon bon oncle, toujours journaliste scientifique au *Guetteur moderne* ? Sur quoi travailles-tu actuellement, la conquête de l'espace, l'origine de l'humanité, les mécanismes du cerveau, ou un remède miracle contre le cancer ?

— Rien de tout ça. Je m'intéresse à la communication avec les plantes.

— Les plantes ?

— Oui, on a constaté depuis peu que les plantes discutaient entre elles en émettant des odeurs.

— Pas mal. Raconte.

— En Afrique, les bergers avaient un problème : leurs chèvres tombaient malades quand ils les enfermaient dans un enclos d'épineux. Ils ont fini par comprendre que les acacias s'avertissaient dès que l'un d'entre eux était brouté par une chèvre. Il émettait aussitôt un signal odorant et tous les autres acacias modifiaient leur sève afin de la rendre toxique.

L'oncle Isidore s'empara d'une fleur dans un vase.

— Et il n'y a pas que ça. Les plantes émettent mais elles reçoivent aussi. Cette fleur exhale des parfums délicieux parce qu'elle entend du Strauss, mais si elle écoutait du hard rock, elle émettrait une autre odeur.

— Les plantes sont si sensibles à la musique ? interrogea Anaïs, surprise.

— Elles sont sensibles à tout.

Marie-Natacha haussa les sourcils, sceptique.

Anaïs voulut en avoir le cœur net. Elle alla chercher un violon auprès du quatuor à cordes et entreprit de jouer des notes discordantes. Tout le monde se boucha les oreilles. Ils regardèrent la plante.

— Tu racontes vraiment n'importe quoi, tonton Isidore. Cette plante n'a pas bougé une étamine.

— Il faut intervenir plus longtemps. C'est une forme de vie qui présente des rythmes de réaction très lents.

Marie-Natacha prit un air narquois.

— Dites donc, c'est sur ce genre de truc que vous écrivez dans le journal ?

Isidore articula patiemment :

— J'essaie de faire découvrir aux lecteurs des thèmes qu'ils ne connaissent pas. J'essaie de leur donner à réfléchir sur de nouvelles perspectives.

— Mais ça, votre histoire de plante qui écoute

la musique, c'est n'importe quoi. Vous ne seriez pas du genre à les fumer un peu, vos végétaux ?

Anaïs fut étonnée de la réaction de son amie, et pour clore la joute, elle prit la main de son oncle et l'entraîna sur la piste.

— Viens, Isidore. Je t'accorde une valse. Mais ne me marche pas sur les pieds comme la dernière fois !

Je suis si vieux.

C'est lorsque j'ai eu quarante-deux ans que j'ai commencé à me poser des questions.

Qui suis-je ?

Pourquoi suis-je né ?

Quelle est ma mission sur Terre ?

Est-il possible d'accomplir quelque chose d'intéressant dans une vie ?

Un infime craquement. Quelqu'un venait. C'était Marie-Natacha.

Elle récupéra les petits sacs de pierres précieuses. Elle les examina, les mains enduites d'une irisation due aux poussières de diamant, et puis, satisfaite, elle fourra les pochettes dans son sac à dos.

Non, tu n'as pas le droit de faire ça ! Ne prends pas ces pierres qui ne t'appartiennent pas. Tu n'as pas le droit. Il y a là-dedans les pierres d'Anaïs.

Elle esquissa une révérence en direction de Georges.

Sale petite garce.

— Lâche ça et lève les bras !

Marie-Natacha hésita, son regard glissa sur le côté, puis elle décida d'obéir à l'injonction d'Anaïs.

— Remets les diamants où tu les as trouvés.

Marie-Natacha rendit les diamants à Georges. Puis elle se retourna, bras toujours levés.

— Et que comptes-tu faire maintenant ? Tu sais bien que si tu me relâches, je reviendrai, signala la blonde.

— Lève les mains, toi aussi, lança une voix derrière son dos.

Anaïs ne se retourna pas.

— Lâche ton arme.

Elle n'obtempéra pas.

Charlotte tenait en joue Anaïs qui tenait en joue Marie-Natacha.

— Moi qui vous prenais pour des filles sérieuses, je constate qu'on ne peut vraiment pas vous faire confiance, soupira Charlotte.

J'ai peur. Anaïs, fais attention, ce sont des vipères.

Marie-Natacha se baissa et saisit à sa cheville un petit revolver. Avant que les deux autres n'aient eu le temps de réagir, elle fit volte-face et plaça Charlotte dans sa ligne de mire.

— Comme ça nous sommes à égalité, annonça-t-elle.

Elles reculèrent, se tenant en joue mutuellement dans un triangle équilatéral parfait.

— Et maintenant, les filles ? On sort les cartes et on joue les diamants au poker ?

— Notre système ne tient que si nous sommes unies, dit Anaïs.

Anaïs a raison. Écoutez-la, vous autres.

— Et si nous rangions gentiment nos armes et redevenions intelligentes ? proposa Anaïs.

Aucune ne bougea.

— Je crains que ce ne soit impossible. Quelque chose a été brisé. La confiance.

— Que fait-on, alors ?

Une buse passa haut dans le ciel et poussa un petit cri perçant.

— On pose les armes et on discute.

Les trois filles s'agenouillèrent et déposèrent les revolvers devant elles. Elles s'épiaient, méfiantes.

Soudain, Marie-Natacha reprit son arme, roula sur elle-même et tira, blessant Anaïs. Celle-ci la braqua à son tour mais la rata, tandis que Charlotte réussissait à toucher Marie-Natacha.

Elles s'éparpillèrent, cherchant un abri dans les broussailles. Des détonations sifflèrent. Un cri fusa soudain d'un bosquet.

Anaïs rampa jusqu'à Charlotte. Elle était morte.

Marie-Natacha en profita pour viser Anaïs mais son arme était vide. Elle voulut recharger, quand Anaïs fonça tête baissée, l'attrapant par les genoux pour la faire chuter.

Elles roulèrent dans les fourrés. Danse horizontale. Elles se frappèrent, se mordirent, s'arrachèrent des touffes de cheveux.

Un couteau brilla soudain dans la main de Marie-Natacha.

Attention, Anaïs !

Anaïs donna un coup de pied et, d'une ruade, renversa son adversaire. Mais l'autre s'agrippa. À cet instant, dans le regard d'Anaïs passa de l'étonnement. Dans celui de Marie-Natacha, il y avait déjà du regret.

Anaïs baissa la tête vers son ventre, puis tomba à genoux, les mains serrées sur sa blessure.

— Désolée, dit Marie-Natacha, c'était toi ou moi.

Elle recula, puis s'enfuit en courant.

Non !

Anaïs rampa vers Georges, le poing crispé. Elle se redressa péniblement et murmura :

— Georges... Aide-moi.

Elle tendit sa main fermée vers son ami, et déposa quelque chose dans son cœur.

— Venge-moi.

Puis elle chercha dans sa veste, dégagea son téléphone portable et composa un numéro.

— Allô... La police... Dans la forêt de Fon... tainebleau... Le sentier 4 jusqu'au rocher de la Vierge, et là vous suivez le chemin qui mène sous le rocher de la dame Jouanne... la dame Jouanne.

Elle s'effondra.

Anaïs !!!
Sans toi ma vie n'a plus de sens.
Tout ce qu'il me reste c'est la vengeance.
Si je le peux, oui, je te vengerai.

Trois semaines plus tard, deux policiers surgissaient, encadrant Marie-Natacha dont les poignets étaient menottés d'acier chromé.

Le premier s'adressa à l'autre :

— Que faisons-nous, inspecteur ?

— C'est ici qu'on a retrouvé les corps. À présent que nous savons que cette fille appartenait au gang des Louves noires, j'espère découvrir un indice qui prouvera que c'est bien elle qui a tué ses deux complices.

Marie-Natacha toisa les deux policiers avec dédain.

— Je suis innocente.

— Les diamants, mieux vaut trouver autre chose à voler. Ils sont tous répertoriés. Mais voilà, les femmes sont fascinées par les diamants. Ils leur brûlent les doigts. Il faut qu'elles les portent ou qu'elles les vendent. Il serait intéressant d'étudier ce rapport des femmes et du minéral, dit l'inspecteur.

— Peut-être un rapport à la pureté, philosopha le policier. Nous cherchons quoi exactement, inspecteur ?

— Un indice. Regardez bien dans les fourrés.

— Vous ne trouverez rien, déclara Marie-Natacha en haussant les épaules. Je veux un avocat.

C'est elle. C'est elle l'assassin.
Si seulement je pouvais les aider. Mais comment faire ?

Lorsque leur parvint un bruit de camionnette tout-terrain, l'inspecteur sembla soulagé.

— Voilà justement l'homme dont j'avais besoin.

Deux personnes descendirent du véhicule. Dont un homme corpulent, au visage poupin, au crâne marqué d'un début de calvitie, au nez chaussé de petites lunettes dorées. Il examina les lieux et reconnut la jeune fille.

— Bonjour, Marie-Natacha, énonça-t-il simplement.

Elle lui répondit par un mouvement du menton.

Une femme brune suivait le journaliste scientifique.

— Docteur Sylvia Ferrero, annonça-t-il pour présenter sa compagne.

Il pria les policiers de les aider à décharger leur

matériel. Pour plus de sécurité, Marie-Natacha eut
une main libérée, l'autre fixée par une menotte à
une grosse racine.

Toujours secondés par des policiers, Isidore et
son assistante commencèrent par installer une
table, puis disposèrent plusieurs appareils électroniques aux multiples cadrans connectés à un ordinateur portable. Une grosse batterie fournissait
l'électricité nécessaire à l'ensemble de cet attirail
hétéroclite.

— C'est quoi tout ce bazar ? demanda la sus-
pecte.

— Le galvanomètre sert à mesurer les émo-
tions. C'est l'instrument utilisé notamment pour
savoir si une personne ment ou non.

— Vous comptez me passer au détecteur de
mensonge ? demanda Marie-Natacha, sans rien
perdre de son aplomb.

— Non, pas vous, répondit Isidore.

Il désigna quelque chose derrière elle.

— Lui.

Tous suivirent son regard, se demandant de qui
il parlait. La ligne indiquée par son doigt s'ache-
vait sur une silhouette tourmentée.

Un arbre.

Un arbre ancien, tout tordu.

Ses branches semblaient figées dans une position de yoga compliquée. Ses feuilles bruissaient,
chatouillées par le vent. Ses longues racines émer-
geant parfois de la terre lui assuraient une prise
solide.

Sur sa face sud, il était gris clair, strié de noir et d'ocre. Sur sa face nord, protégés par l'ombre et les froids, des mousses et des lichens s'étendaient comme autant de maladies de peau.

Son écorce marbrée était recouverte de bosses et de cicatrices.

Un écureuil, sentant que les humains regardaient dans sa direction, fila vers les cimes aux branchettes fines mais aux feuilles larges destinées à capter les rayons du soleil et assurer la photosynthèse. Une mésange commença aussi à s'inquiéter, craignant que les humains ne s'intéressent à la cache de son nid : ses œufs n'étaient pas encore éclos. Elle décida pourtant de ne pas céder à la panique. Après tout, les humains ne mangeaient plus d'œufs de mésange. Elle se fit sentinelle, immobile dans les feuillages.

C'est mon grand jour.

Avec beaucoup de délicatesse, Sylvia Ferrero implanta des pinces dans l'écorce. Des pinces aux bouts métalliques reliées à des fils électriques, eux-mêmes reliés aux machines à cadrans, elles-mêmes reliées à l'ordinateur portable.

Isidore expliqua posément aux deux policiers qu'en 1984, son ami, le professeur Gérard Rosen, de l'université de Tel-Aviv, spécialiste de l'irrigation, de la lutte contre la désertification et de l'observation des comportements végétaux, s'était aperçu que les plantes réagissaient aux stimuli extérieurs.

— Il a eu l'idée de placer des électrodes sur l'écorce puis, en les branchant à un galvanomètre sensible aux changements infimes de résistance, il a pu mesurer l'action de ces stimuli sur le comportement des arbres. Dans la Bible, on parle du « buisson ardent », lui pense qu'il s'agit plutôt d'une parabole pour un « buisson parlant ». Au début, lors de ses premières expériences, il a confronté des fleurs à des musiques différentes, du hard rock au classique. Il a ainsi constaté qu'elles appréciaient Vivaldi.

— Comment a-t-il pu vérifier cela ? demanda le policier, un peu incrédule.

— Comme pour nous. À l'état de repos, nous présentons une résistance électrique de 10 sur 20. Lorsque nous sommes calmes, elle baisse à 5, et si nous nous excitons, elle peut monter à 15. Quand la musique leur plaisait, les plantes du professeur Rosen se calmaient et donc l'aiguille du transcripteur descendait sous 10. Lorsqu'elles se sentaient agressées, on constatait des pics. Comme si elles étaient irritées et souhaitaient que toutes ces manipulations cessent... Le professeur Rosen a ensuite eu l'idée d'exposer des plantes à toutes sortes d'autres éléments. Le froid, le chaud, la lumière, l'obscurité, la télévision.

— Mais elles n'ont pas d'yeux, s'étonna le policier.

— Elles perçoivent à leur manière le monde qui les entoure. Un jour, alors qu'un acacia était branché sur des électrodes et que le professeur

Rosen préparait sa manipulation, il a effectué un faux mouvement et s'est blessé.

« Pour en avoir le cœur net, Gérard Rosen a renouvelé l'expérience en tranchant un morceau de viande à proximité. Rien. Comme si l'arbre savait que cette chair était déjà morte. Il a plongé une fleur dans de l'oxygène liquide. La plante a réagi et est montée à 13. Il a ensuite jeté tout près une autre plante dans de l'eau bouillante : 14. Il a introduit de la levure dans l'eau bouillante : 12. L'acacia percevait la mort de la levure.

— La levure ! C'est vivant ?

— Bien sûr. Le scientifique s'est alors entaillé avec un rasoir devant la plante et celle-ci a aussitôt présenté le même petit pic à 12. Pour elle, des cellules humaines tuées ou des levures cuites sont deux actes de violence qui l'exaspèrent. C'est de la mort auprès d'elle. Malheureusement, Gérard Rosen n'a pas pu se déplacer jusqu'ici aujourd'hui mais il nous a délégué sa principale assistante, Sylvia.

Le vent bruissa dans les ramures alors que, soudain, l'air devenait plus frais.

— Cet arbre a vu le crime puisqu'il s'est déroulé sur ces lieux. Ses « sens d'arbre » ont perçu le meurtre. Ce végétal sait ce qui s'est passé mais ne peut pas l'exprimer. Nous allons essayer de l'aider à nous dire quelque chose.

C'est un instant historique.

Les êtres mobiles à sang chaud multiplièrent les pas autour de l'arbre, écrasant sans s'en apercevoir certaines de ses petites racines affleurantes.

— J'ai décidé, donc, de tenter l'expérience ici, expliqua Isidore Katzenberg.

— Pourquoi tant d'efforts dans ce cas particulier ? s'enquit le policier.

— Anaïs était de ma famille. Je suis son oncle.

— Puisque vous entreteniez un lien familial avec la victime, vous n'avez pas le droit d'enquêter, signala Marie-Natacha qui n'avait pas oublié ses cours à la fac de droit. Je veux un avocat !

— Je ne suis pas policier, mais journaliste scientifique. En conséquence, je ne fais que poursuivre une enquête criminelle. Allez-y, Sylvia.

La jeune femme en blouse blanche régla les boutons du galvanomètre, contrôla ses cadrans et annonça :

— Il est à... Attendez... Il est à 11. Cet arbre est plus « nerveux » que la moyenne.

— Très bien, mais maintenant, vous faites quoi ? demanda l'inspecteur.

— Il faut interroger ce témoin.

— Vous n'avez qu'à le torturer. Coupez-lui les branches. Il finira par parler, persifla Marie-Natacha. Ou encore brûlez-lui les feuilles.

Dix minutes plus tard, Sylvia installait un haut-parleur collé contre l'écorce et lui faisait écouter du hard rock. *Thunder Struck* de AC/DC, précisément.

L'arbre monta à 14.

Le Printemps de Vivaldi. L'arbre descendit à 6.

— C'est un grand sensible mais au moins, nous savons que notre système fonctionne.

Le policier se demanda s'il ne rêvait pas. Le témoin serait un arbre ! La gêne manifeste de Marie-Natacha le troublait cependant.

Isidore se concentra. Il présenta une photographie d'Anaïs à une excroissance du végétal qui pouvait passer pour un œil.

— Alors ?

La scientifique effectua plusieurs réglages.

— 11, regretta-t-elle.

Les policiers détachèrent Marie-Natacha, et Isidore lui demanda de toucher l'écorce.

— Verdict ?

Un instant d'attente et Sylvia annonça :

— 11 encore.

Non. Non. Je ne vais pas échouer si près du but. Il faut que j'exprime quelque chose.

Penser à des souvenirs traumatiques.

Un pivert qui me percute un jeune rameau.

Un écureuil qui me vole mes glands.

Une tempête qui me déstabilise. La terrible tempête de décembre 1999 qui m'a fait vaciller et a déraciné tant de mes amis !

— Je crois que nous perdons notre temps. Et puis pourquoi se concentrer sur cet arbre en particulier ? Il y en a d'autres aux alentours, remarqua le policier.

— Cet arbre-ci est situé juste devant la clairière où l'on a retrouvé les corps.

— Je sais qu'il sait, reprit Isidore. Il nous faut seulement trouver le moyen de communiquer avec lui. C'est comme si nous cherchions à discuter avec des extraterrestres. Nous devons trouver son mode de langage.

— Si ce n'est que lui, il est végétal, il n'a pas d'oreilles et pas de bouche, alors que les extraterrestres en possèdent peut-être, objecta le policier.

— Je vais tenter de lui parler.

— Ah, j'adore cette scène ! dit Marie-Natacha, retrouvant peu à peu son aplomb. C'est vraiment impayable !

Elle exagéra son rire. Les autres, en revanche, s'efforçaient de ne pas se départir de leur concentration.

— Reconnais-tu cette fille ?

Parfaitement. Oui, c'est elle.

Ils attendirent.

C'est elle. Arrêtez-la.
Elle a aussi tué Charlotte.
Tout ça pour leurs maudits diamants. Comme si le monde minéral pouvait ressentir quelque chose.

— Toujours 11. Il ne paraît rien exprimer de particulier lorsqu'on évoque l'enquête.

Isidore présenta des objets ayant appartenu à Anaïs et qui conservaient encore son parfum.

— Et pourquoi ne pas interroger directement les pierres ? Après tout il paraît que les pierres aussi sont vivantes, ironisa la jeune fille.

Le désappointement gagnait le petit groupe. Ils se sentaient désemparés, presque ridicules. Marie-Natacha était en pleine crise de fou rire.

— Désolé, Isidore, désolé, professeur, mais je crains que cette expérience ne soit guère fructueuse, décréta l'inspecteur. On pourra quand même dire que nous avons essayé. Quant à vous, mademoiselle, vous avez tout intérêt à demeurer discrète sur cette tentative.

— Alors là, vous pouvez compter sur moi pour raconter l'histoire à la cantonade. Je convoquerai la presse. Dans une semaine, tout le pays connaîtra cette nouvelle manière de traiter les affaires criminelles. Le témoignage d'un arbre !

L'inspecteur donna un coup de pied audit arbre et aussitôt l'aiguille grimpa à 13.

— Et en plus il est avéré qu'il réagit.

Oh, je n'arrive pas à faire bouger cette maudite aiguille !

Laissons tomber.

Je n'y arriverai pas comme ça. Il faut que je trouve autre chose.

Comme l'a dit Isidore, il faut que je trouve « mon mode de langage » à moi. Le langage que je maîtrise. Lequel est-ce ?

Je sais faire pousser mes racines pour qu'elles rejoignent une source d'humidité. Ça je sais. Ça me prend au moins un mois mais je sais.

Que sais-je d'autre ?

Rien. Ah si, peut-être. C'est ma dernière chance.

Ils commencèrent à ranger les outils dans la camionnette, déçus, à l'exception de Marie-Natacha au comble de l'amusement.

— Sacré tonton Isidore !

— Nous avons échoué mais il était absolument nécessaire d'essayer, soupira l'inspecteur.

Je peux y arriver, je peux y arriver.

Il faut que je pousse fort.

Il le faut.

Oh ! s'il vous plaît, mes forces, ne m'abandonnez pas !

Je sens couler en moi l'énergie de l'univers, de toutes mes mémoires, de toutes mes sensations. Reviens, pouvoir de mes ancêtres.

Aidez-moi à accomplir ma vengeance.

À rendre la justice.

Une large feuille de l'arbre. Sur toute sa surface, les nervures claires courent, se regroupant sur le sillon central.

À l'intérieur de sa tige, un infime déficit de sève.

Oh, Anaïs, en ton nom, je vais le faire, je peux le faire.

Alors que tout le monde s'apprêtait à renoncer et à rentrer bredouille, la large feuille tout à coup se détacha. En tombant, elle dévoila une anfractuosité dans le tronc de l'arbre. Dissimulé par la feuille, ce profond orifice n'avait pas été détectable jusque-là.

Isidore Katzenberg tourna une dernière fois la tête.

Comme au ralenti, il repéra la feuille qui chutait doucement. Il battit des paupières, interrompit le mouvement qu'allaient amorcer ses pieds pour rentrer dans la voiture. C'était comme si le temps s'arrêtait. On n'entendait plus rien, même un pigeon qui volait ne produisait plus le moindre bruit. Les animaux de la forêt étaient eux aussi fascinés car ils savaient qu'il se passait quelque chose d'extraordinaire.

J'ai réussi !

Isidore Katzenberg émit quelques sons. Le mot parut lui aussi sortir au ralenti de sa bouche, comme un disque passé en vitesse réduite.

— At... ten... dez...

Un renard n'en crut pas ses yeux. Quelques papillons brassèrent l'air comme des voiliers graves.

Le journaliste scientifique marcha très lente-

ment, toujours au ralenti, et plongea sa main dans
le tronc de l'arbre.

Oh oui !

Ses doigts furetaient dans l'écorce, s'écor-
chaient à des échardes, palpaient l'intérieur de
Georges. Il ramena une touffe, une touffe de cheveux blonds enduite d'une substance sombre.

— Des cheveux blonds avec du sang séché
dessus !

Les yeux de Marie-Natacha s'exorbitèrent.

Le journaliste s'empara des cheveux et les
approcha de ceux de Marie-Natacha devenue
blême.

— Le médecin légiste nous confirmera que
cette mèche appartenait à notre demoiselle. Profi-
tez-en aussi pour analyser ce gros creux dans
l'écorce. Il me semble qu'il contient au fond des
poussières de diamant, affirma Isidore en exami-
nant un léger scintillement au bout de ses doigts.

Tous se penchèrent sur l'orifice.

Avec un mouchoir en soie, l'inspecteur recueil-
lit des fragments à l'intérieur de l'arbre.

*J'aime la soie parce qu'elle est tissée avec le
fil protecteur du ver à soie, et les vers à soie sont
ceux qui me grignotent les feuilles. Je ne sais pas
comment je connais autant de choses. En fait je
ne les sais pas, je les sens. Je perçois les relations*

entre les êtres comme s'ils étaient autant d'infor-
mations dans l'air.

C'est comme la voix humaine que j'entends
alors que je n'ai pas d'oreilles. Ou alors toute
mon écorce est peut-être comme un tympan sen-
sible.

Marie-Natacha ouvrit la bouche de surprise.
Elle paraissait assommée par ce qu'elle venait de
voir.

Juste au-dessus du creux, Isidore découvrit une
inscription gravée profondément au couteau dans
l'écorce depuis de nombreuses années.

ANAÏS + GEORGES = ♡

ARBRE *1 – Il l'a fait !*
ARBRE *2 – Qui ça ?*
ARBRE *3 – Celui qu'ils ont baptisé Georges.*
ARBRE *2 – Il a fait quoi ?*
ARBRE *1 – Il a bougé !*
ARBRE *3 – Il a soulevé ses racines hors du sol ?*
ARBRE *1 – Non. Mieux. Il a su faire un signe*
aux humains à un moment crucial de leur vie. Et
il a ainsi changé leur histoire.
ARBRE *2 – La belle affaire, moi aussi je lâche*
des feuilles. Même que les miennes, eh bien, elles
sont si jolies que les humains les collectionnent.
ARBRE *1 – Ah oui, mais toi tu ne fais ça qu'en*
automne.

ARBRE 3 – ... *Lui, il l'a fait en plein été ! Comme ça. Rien qu'avec sa volonté.*

ARBRE 2 – *Je ne vous crois pas !*

ARBRE 1 – *Ce n'est qu'un premier geste. Désormais nous savons qu'il est possible d'agir dans le monde des humains.*

Les images s'effilochent et je pense.

Du plus profond de ma mémoire, je ne t'ai jamais oubliée.

Je t'aimais tant, Anaïs.

J'ai vu passer depuis des siècles des centaines d'êtres humains qui sont venus pour me toucher, chercher des truffes dans mes racines.

J'ai vu des soldats et des bandits, des « avec des épées », des « avec des mousquets » et des « avec des fusils ».

À chaque cercle placé autour de mon cœur de tronc correspond une génération de petits hommes devenus en quelques instants, à mon niveau de perception, des vieillards.

J'ai toujours été surpris qu'ils aient à ce point besoin d'exprimer leur existence par la violence.

Avant ils se tuaient pour manger.

Maintenant je ne sais plus pourquoi ils se tuent.

Probablement par habitude.

Nous non plus, nous ne sommes pas au-dessus de la violence. Par moments, dans mes branches, des conflits éclatent entre les feuilles. Elles se volent la lumière. Celles qui sont dans l'ombre blanchissent et meurent. Des petites futées profi-

tent d'une aspérité de mon écorce pour se rehausser. Et puis nous avons nos prédateurs, les lierres étrangleurs, les insectes xylophages, les oiseaux qui viennent creuser leurs nids dans notre chair.

Mais cette violence a un sens. On détruit pour survivre. Alors que la violence des humains, je n'en comprends pas le sens.

Peut-être parce que trop nombreux et destructeurs, ils s'autorégulent en se tuant entre eux. Ou peut-être parce qu'ils s'ennuient.

Depuis des siècles, nous ne vous intéressons que sous forme de bûches ou de pâte à papier.

Nous ne sommes pas des objets. Comme tout ce qui est sur Terre, nous vivons, nous percevons ce qui se passe dans le monde, nous souffrons et nous avons nos petites joies à nous.

J'aimerais parler avec vous.

Un jour, nous discuterons peut-être ensemble...

Le voulez-vous ?

L'école des jeunes dieux

En tant que jeune dieu, j'en étais encore à modeler des brouillons de mondes. Dans les classes primaires, je m'étais entraîné à fabriquer des météorites avec de la glaise, ainsi que des lunes, et des satellites, mais ce n'était que de la rocaille sans vie. Cette année-là, je rentrais dans la classe des grands et on allait nous confier des peuples entiers d'animaux de classe 4 à gérer.

Pour ceux qui ne connaissent pas : la classe 1, ce sont les minéraux ; la classe 2, les végétaux ; la classe 3, les bestiaux stupides genre autruches, hippopotames, serpents à sonnette, bichons maltais, musaraignes (rien de très excitant). La classe 4, ce sont les animaux doués de conscience, fourmis, rats (très difficiles à gérer) ou humains.

Quand on travaille sur les humains, au début, on commence par œuvrer sur des individus isolés. Puis, très vite, on enchaîne avec des peuples.

Les individus isolés, c'est assez facile. On prend un humain en charge et on le suit de sa naissance à sa mort. Les humains, notamment ceux de la Terre, sont assez touchants avec leurs désirs illimités, leurs inquiétudes permanentes, leur besoin de croire en n'importe quoi. Ils nous implorent de réaliser leurs vœux et on les aide à notre manière. On les fait gagner au loto, on leur permet de rencontrer le grand amour, ou bien, selon notre humeur, on provoque des accidents de voiture, des crises cardiaques, des fissures dans les murs... C'est poilant. Je me suis occupé de nombreux humains, des petits, des grands, des gros, des maigres, des riches, des pauvres. Je leur ai fait remporter des tournois de tennis et je les ai obligés à se montrer respectueux envers la dimension supérieure – nous –, dont ils subodorent l'existence.

Quand on est tout pour quelqu'un, autant être efficace. Mais un humain seul, c'est un peu primaire comme besogne. Pas de quoi faire fonctionner vraiment nos divines cervelles. En troupeaux, en revanche, ils commencent à se révéler plus passionnants. Rien de plus farouche qu'un peuple. Un peuple, ça a des réactions inattendues, ça vous fomente une révolution ou ça change d'orientation politique avant que vous n'ayez eu le temps de vous y préparer. Après, vous devez tout le temps le tenir par la bride. Un peuple, c'est comme un cheval fougueux, ça peut vous entraîner dans le fossé ou vers le sublime.

Dans la classe de niveau 4, on me confia en exercice un petit peuple d'un millier de têtes à diriger : quelques vieillards, des malades, mais suffisamment de jeunes pour construire des maisons de branchages et constituer des milices armées. J'espérais des reproductions en grande quantité et, telle Perrette et son pot au lait dans la fable de La Fontaine, je dois avouer que je voyais déjà ma bande se répandre pour dominer le monde. Mais je n'étais pas seul. Tous les autres dieux en apprentissage recevaient eux aussi un peuple à mener. Mes camarades de cours étaient également mes concurrents. Nous étions surveillés et notés par des dieux supérieurs qui avaient déjà roulé leur bosse dans de multiples univers. De vieilles barbiches qui nous faisaient toujours la morale. Et patati et patata. Quand on est dieu, on se tient droit, on ne blasphème pas, on ne se met pas les doigts dans le nez, on nettoie ses outils de travail, on recharge tous les matins ses rayons de foudre, on ne fait pas de taches en mangeant les offrandes. Le bagne, quoi. Ça sert à quoi d'être vénéré par son peuple si c'est pour être brimé par de vieux barbons moralisateurs !

Bon, n'épiloguons pas. Nous les respections cependant. Certains étaient des artistes qui avaient su faire de leurs peuples des civilisations solides et inventives.

Durant les cours, ces professeurs nous enseignaient les vues générales : l'aspect d'un beau peuple, comment surveiller ses morts, ses réincarnations et ses naissances, les équilibres à préserver, le renouvellement des élites, les trucs pour récupérer les peuples récalcitrants (apparitions de Vierges dans les grottes, télépathie avec les bergères, etc.).

Ils nous apprenaient aussi les principales erreurs à éviter. Cela allait du choix du lieu de construction des villes (à l'écart des volcans en activité, loin des plages pour éviter les raz de marée et les pirates) jusqu'au rythme des révolutions et aux techniques de guerre.

J'ai installé mon peuple près d'une colline – il était de type sumérien. Sur mes conseils (je donne des conseils au chef de tribu ou au grand sorcier par l'entremise des rêves, sinon ils ne comprennent rien aux signes que je dépose dans la nature : cailloux gravés, vols d'oiseaux, naissance de cochons à deux têtes, etc.), ils se sont orientés vers les cultures de céréales, le domptage de chevaux, la fabrication de murs en torchis, vers ce qui me semblait le b.a.ba de l'évolution sociale.

Mais ce premier monde se termina par un échec. Mes Sumériens avaient oublié d'inventer la poterie qui leur aurait permis de fabriquer de grandes jarres où stocker des réserves alimentaires. Ils avaient beau multiplier les récoltes, celles-ci pourrissaient en hiver dans les greniers. Du coup, ils étaient affamés et faibles.

Dès les premières invasions de pirates vikings, tous mes Sumériens au ventre creux furent massacrés par des guerriers au ventre rebondi. Je vous dis pas le carnage. C'est bien connu, on fait mieux la guerre le ventre plein. Buter sur la poterie, c'est quand même rageant. Mais logique. On retient les grandes inventions : la poudre, la vapeur, la boussole et on oublie souvent qu'avant, des petites découvertes ont permis la survie. Nul ne connaît l'inventeur de la poterie mais je peux vous garantir que, sans cette découverte-là, vous n'allez pas loin. J'ai payé pour le savoir.

Pour ce peuple de Sumériens trop brouillon, j'obtins une mauvaise note à mon examen divin : 3 sur 20. Jupiter, le prof principal, était très en colère. Il finit pourtant par se calmer. Il me toisa d'un air navré, me déclara que mes Sumériens ne valaient pas tripette et que si je continuais sur ce ton-là, je risquais de finir en dieu des artichauts. C'est une insulte chez nous. On dit « dieu des artichauts » ou « roi des coraux ». Ça signifie qu'on ne sait pas gérer les êtres conscients et qu'on ferait mieux de rester au niveau des êtres de classe 2.

Je partis le front bas, bien décidé à ne plus me laisser submerger par des pirates. Vikings ou pas.

Certes, vous serez peut-être surpris que les pirates aient attaqué mon peuple. Mais il faut savoir que, durant nos exercices pratiques, tous les jeunes dieux œuvrent ensemble. Nous gérons chacun simultanément nos ouailles. Comme on dit chez nous : « Chacun ses humains, et les troupeaux seront bien gardés. » C'était donc mon voisin Wotan, un jeune dieu étranger, qui m'avait fait le coup des pirates vikings.

Je me drapai dans ma dignité et ma toge blanche et me préparai à lui rabattre le caquet à la première occasion. Qu'ils y reviennent, ses

Vikings, j'allais faire construire à mes peuples des ports fortifiés à la Vauban, et rirait bien qui rirait le dernier.

Dans la classe, nous portions tous des noms de dieux anciens car, il faut quand même l'avouer, dieu, c'est un métier de pistonné. Seuls des fils à papa détiennent les prérogatives indispensables pour prendre un jour les manettes d'un monde de votre dimension. La première génération de dieux a créé les grandes lignées, et ensuite, nous, leurs descendants, nous avons perpétué l'héritage. Nous n'en côtoyons pas souvent de nouveaux. Certes, par moments, des dieux de secte apparaissent (laissez-moi rire, rien que des dieux de pacotille, rouge et or, dont les sermons ne riment même pas et dont les temples sont construits à la va-comme-je-te-pousse) qui tentent de monter en grade et de créer eux aussi leur lignée. Mais la barque est pleine, les portes ne sont pas du tout ouvertes, et il faut vraiment qu'un dieu de secte ait fait ses preuves pour qu'on lui permette de monter dans notre dimension afin d'y construire sa dynastie.

Tous les jeunes dieux sont en rivalité les uns avec les autres. Cependant, nous dépassons parfois nos chamailleries pour nouer des alliances stratégiques. Chacun y trouve son compte. On s'échange alors des technologies comme ailleurs on s'échange des images, on se refile des tuyaux pour solidifier nos peuples comme on se confierait des secrets pour fabriquer des pétards.

Ainsi, je m'entendais très bien avec Quetzalcóatl, un Aztèque qui m'apprit à tailler les pointes d'obsidienne. Mais lorsque je ne parvenais pas à me faire de copains, il m'arrivait de surveiller les peuples de mes voisins pour repérer leurs manœuvres militaires ou copier des idées d'inventions auxquelles je n'avais point songé.

Peu importe les moyens, il faut réussir ses examens de divinité. Un examen ressemble un peu à un match de tennis. On joue en tournois. Les peuples perdants sont progressivement éliminés jusqu'à ce qu'il ne reste que deux grandes puissances en jeu pour la finale.

Moi, je perdis mon premier match divin dès les huitièmes de finale, mais j'en tirai les leçons.

Le second « peuple-exercice » que je gérai lors de l'examen suivant fut un peuple au look égyptien antique. Des gens très bien. Je leur envoyai Joseph, qui leur fit le coup du rêve des vaches grasses (il s'agit d'un vieux truc du Dieu Premier mais on a le droit, en match, de réutiliser les coups connus). Les Égyptiens en déduisirent qu'il fallait modeler des poteries et des jarres pour stocker les graines. Et mon petit peuple put passer des hivers gourmands (comble du luxe : j'inventai même une fête, durant une journée entière, consacrée à ma gloire, les gens s'empiffraient comme des gorets !). Ainsi ils proliférèrent au-delà des fatidiques deux mille premières années.

J'obtins ainsi des buildings égyptiens, avec des

sommets pyramidaux, des voitures égyptiennes
très colorées, tous les gadgets modernes des
années 2000 revus et corrigés par la civilisation
égyptienne. C'était très exotique. Je me permis
même de lancer un navire vers l'ouest et constatai,
non sans surprise, que « mon monde » était sphérique. On a beau être dieu, on découvre parfois
l'univers à travers le regard de ses sujets. Je
n'avais jamais vraiment examiné ma planète et le
fait que mes explorateurs reviennent sur leur
rivage de départ me surprit et m'amusa.

Mais je commis une erreur. Il n'y avait qu'une
seule grande ville. Quelle méprise ! Un tremble-
ment de terre anéantit tout mon travail.

Une civilisation, c'est comme un bonsaï. Il suffit d'un instant d'inattention pour qu'une catastrophe survienne. La plupart de mes condisciples
ont connu des tuiles de ce type : la peste bubo-
nique, le choléra aphteux ou, tout simplement, une
pluie qui tourne au déluge. Et patatras, tout est à
recommencer.

« Ne mettez pas tous vos œufs dans le même
panier, m'avait appris mon professeur d'humano-
logie. Construisez plusieurs cités. »

À ma dixième tentative, je réussis un peuple pas
trop débile, de type inca, qui parvint à construire
dix villes de belle taille, à découvrir le feu, la roue
et le travail du bronze. Jupiter m'encouragea :
« Vous voyez, tous les élèves sont tentés d'inspi-

rer à leurs architectes des créations de cités en hauteur, sur des collines. Or les villes en hauteur ne sont pas intéressantes. D'abord, ce type d'urbanisme augmente le prix des aliments dans la cité. Il faut payer les intermédiaires qui transportent et hissent la nourriture jusque dans la ville. Ensuite, lors d'une attaque éventuelle, les paysans se précipitent dans la forteresse. Il suffit alors aux envahisseurs de piller les champs puis d'affamer les habitants coincés dans leur cité et tout est dit. La meilleure solution est de bâtir une cité sur une île, au milieu d'un fleuve. L'eau constitue une protection naturelle contre les invasions, mais aussi un moyen pratique pour recevoir et dépêcher les bateaux marchands, les bateaux d'exploration, les bateaux militaires. Il est vrai que, dans le monde du Dieu Premier, les villes qui se sont le plus épanouies ont été des villes-îles entourées d'eau : Paris, Lyon, mais aussi Venise, Amsterdam, New York. En revanche, Carcassonne ou même Madrid, cités sises en hauteur, ont eu du mal à s'agrandir et à rayonner alentour.

Jupiter m'expliqua aussi l'intérêt d'ériger des monuments. Au début, je ne pensais en effet qu'à nourrir et protéger mon peuple. Les monuments me semblaient un gaspillage de temps et d'argent. Mais je pensais encore à court terme. Les monuments marquent les esprits. Colosse, jardins suspendus, arc de triomphe, tour Eiffel, Colisée, Grande Bibliothèque, temples démesurés : tout ça permet de générer une fierté nationale propice à maintenir une identité particulière.

À ma douzième tentative de gestion de peuple, je parvins à développer une belle nation florissante. Mais mes voisins ne se débrouillaient pas trop mal non plus. Si bien qu'au moment du tournoi de deuxième année, mes soldats eurent une grande surprise : ils se retrouvèrent en train de charger à cheval contre des tanks. À force de soigner mon agriculture, j'avais pris trop de retard dans la course technologique aux armements. C'est ce qu'on appelle l'expérience polonaise parce qu'il paraît que dans le premier « monde-référence », durant la Seconde Guerre mondiale, des cavaliers polonais se lancèrent sabre au clair contre des chars allemands !

La première expérience du Dieu Premier nous sert souvent de référence pour nos travaux. Nous avons tous étudié ses œuvres et beaucoup parmi nous l'admirent. Son coup des Dix Commandements est proprement révolutionnaire. Grâce aux Dix Commandements, il a pu éviter tous les à-peu-près liés à la communication par les rêves. C'est vrai, souvent les humains ne comprennent rien au langage onirique, ils interprètent de travers ou, bien pire, ils oublient leurs rêves au réveil. Les Dix Commandements gravés dans la pierre : quelle trouvaille ! Enfin des informations courtes, nettes et précises pour tous les mortels !

« Tu ne tueras point. » Comment pourrait-on être plus simple ? Ce n'est pas un ordre (sinon ce serait : « Tu ne dois point tuer »). C'est un futur. Une prophétie. Un jour, tu comprendras qu'il est inutile de tuer.

Le Dieu Premier était avant tout un grand expérimentateur. Il aimait inventer des trucs nouveaux. L'arche de Noé, la pomme qui tombe sur la tête de Newton pour lui faire découvrir la gravité, la pression d'Archimède avec la baignoire... Tous ces gadgets, c'est lui. Mais il n'a pas utilisé que des gadgets. C'est vraiment lui qui a posé les règles du métier de dieu, telles qu'elles sont encore actuellement codifiées dans tous les univers. Car nous aussi, nous avons nos commandements :

1 – Préserver la vie. Toutes les formes de vie. Mais qu'aucune ne prenne une trop grande importance au détriment des autres.

2 – Ne pas laisser un humain jouer à être un dieu. Tous les docteurs Frankenstein d'opérette doivent être étranglés par leur créature.

3 – Respecter les engagements pris avec les prophètes.

4 – Ne pas s'immiscer inconsidérément. Interdiction de séduire les mortelles.

5 – N'apparaître à ses sujets que dans les cas de force majeure. Et surtout pas pour se faire valoir.

6 – Ne pas favoriser ses fidèles. On peut, certes, avoir des chouchous mais il ne faut pas exagérer.

7 – Interdiction de nouer des contrats à la Faust. Le métier de dieu ne se négocie pas.

8 – Être clair dans ses directives. Ne pas lais-

ser la place aux interprétations équivoques. Les demi-mesures, c'est pour les demi-dieux.

9 – Ne pas perdre de vue l'objectif : construire un monde parfait. Il faut entretenir une ambition déontologique, philosophique, artistique. Être le meilleur. Donner un exemple aux générations suivantes de dieux.

10 – Néanmoins, ne pas prendre son travail trop au sérieux. C'est peut-être là le plus difficile. Rester modeste, garder le sens de l'humour, conserver du recul par rapport à son œuvre.

Chaque jour, dans mon école de jeunes dieux, je me perfectionnais. Au début je voulais, par exemple, me débrouiller pour que mon monde soit le plus démocratique possible. Ce fut une erreur. Il y a une phase de despotisme indispensable, souvent pendant les mille premières années. L'expérience « César » le prouve. Avant Jules César, les Romains vivaient sous un régime républicain. Jules César tenta de devenir empereur et se fit assassiner aux ides de Mars. Dès lors, les Romains se dotèrent d'empereurs encore plus tyranniques que les rois voisins.

La démocratie est un luxe de peuple avancé. Il faut choisir l'instant idéal pour accomplir sa révolution démocratique. C'est comme un soufflé : trop tôt ou trop tard, et tout s'effondre, c'est la catastrophe.

Autre évidence que j'ai apprise durant mes

cours de divinité : on ne peut pas se maintenir par la guerre. Autant, c'est vrai, on a intérêt, au début, à ce que son peuple soit bien armé derrière d'épaisses murailles et ne fasse aucune concession aux éventuels envahisseurs, autant on doit réviser cette politique dès la deux millième année.

En effet, si on place toute son énergie dans la guerre – qu'elle soit défensive ou offensive –, on constate qu'on ne peut plus développer correctement l'agriculture, la culture, l'industrie, le commerce, l'éducation et donc la recherche. Si bien que l'on finit par être détruit de toute manière par des peuples possédant des armes de technologie plus avancée.

La guerre est un premier moyen de prise de pouvoir, mais il importe de conclure au plus tôt la paix avec les voisins ; on y gagne en développant le commerce et les échanges culturels et scientifiques. Oui, simplement, en jouant, je me suis aperçu que la guerre n'était pas une solution. D'ailleurs, dans le premier « monde-référence », toutes les civilisations guerrières ont disparu : Hittites, Babyloniens, Mésopotamiens, Perses, Égyptiens, Grecs, Romains. Ce fut une grande leçon : l'avenir n'appartient pas aux royaumes conquérants. Ils ne dépendent bien souvent que d'un seul meneur : dès qu'il meurt, l'élan fléchit.

Dans la cour de récréation, entre jeunes dieux, nous discutons souvent. Parmi les dieux que je fréquente, il y a bien évidemment Wotan, avec lequel je suis finalement devenu ami, Quetzalcóatl, le serpent à plumes, et Huruing-Wuuti, un dieu hopi amérindien. Ça, c'est ma bande. Mais il y a aussi le groupe dit des « Orientaux » qui rassemble le dieu japonais Izanagi, Vishnou pour les Indiens et Kouan-Yin, une superbe déesse chinoise, et celui des « Africains », avec Osiris et sa tête de faucon (une vraie tête de con, plaisante-t-on souvent), Ala Tangana, un dieu guinéen, et Ouncoulouncoulou, un superdieu zoulou.

Huruing-Wuuti est notre meneur. Il prend toujours les initiatives pour notre bande. Wotan, c'est plutôt le genre « blagues cochonnes à longueur de journée ». Il ne respecte rien. « C'est l'histoire de trois types complètement amochés qui arrivent devant saint Pierre et... », voilà le genre de blague qu'il affectionne.

J'aime bien Huruing-Wuuti mais je me méfie un peu de lui car il se prend trop au sérieux. À l'entendre, il n'y a que lui qui sait construire des temples avec des colonnes corinthiennes. Les colonnes du Parthénon, ça a quand même un peu plus de gueule, non ?

Évidemment, dans la cour de récréation, loin de nos mondes, chacun essaie de se faire mousser : « Moi, j'ai inventé la machine à vapeur », « Moi, j'ai inventé la pilule pour les femmes », « Moi, j'ai mis au point les appareils photo jetables », clamai-je pour ma part en guise de boutades.

Être dieu, ça monte vite à la tête. Bon, mais comme nous le conseille le Dieu Premier : « Ne commençons pas à dire du mal les uns des autres, sinon ça finit en guerre de religion. » C'est pour cela que lorsque Vishnou m'a tapé dans le dos en me lançant : « C'est marrant le boulot de dieu mais t'es-tu déjà demandé si quelque part au-dessus de nous, il n'existe pas des dieux de dimension supérieure qui jouent avec nous comme nous jouons avec les mortels ? » j'ai sursauté. Je ne sais pas pourquoi mais cette idée m'a complètement bouleversé. Être le jouet d'entités supérieures ! C'est insupportable ! Ne plus jouir de son libre arbitre ! N'être plus qu'un pantin dans les mains d'étrangers ! Peut-être même d'enfants étrangers ! Beurk. J'ai vomi et fait des cauchemars toute la nuit. Le lendemain, j'avais retrouvé mes esprits. J'ai répondu à Vishnou : « C'est impossible. Au-dessus des dieux, il n'y a rien. »

Il a éclaté de rire.

Un rire divin.

Table

Bernard Werber

dans Le Livre de Poche

Bienvenue au Paradis   n° 33863

Le Paradis ? Un jour vous aussi vous y viendrez. Alors pré-
parez-vous au Jugement dernier. Il y aura un avocat (votre
ange gardien), un procureur (votre démon) et un juge (de
préférence impartial). Mais les valeurs au Paradis ne sont pas
les mêmes que sur Terre. Anatole Pichon va en faire l'amu-
sante expérience.

L'Empire des anges   n° 15207

Que pensent les anges de nous ? Que peuvent-ils faire pour
nous aider ? Qu'attendent-ils de l'humanité en général ?
Michael Pinson a passé avec succès l'épreuve de la « pesée
des âmes » et a accédé au royaume des anges. Le voilà
chargé de trois mortels : il découvre alors l'ampleur de
la tâche. Ses moyens d'action : les rêves, les signes, les
médiums, les intuitions, les chats. Cependant, il est obligé
de respecter le libre arbitre des hommes…

1. *Les Fourmis*   n° 9615

Le temps que vous lisiez ces lignes, sept cents millions de fourmis seront nées sur la planète. Sept cents millions d'individus dans une communauté estimée à un milliard de milliards, et qui a ses villes, sa hiérarchie, ses colonies, son langage, sa production industrielle, ses esclaves, ses mercenaires... Ses armes aussi. Terriblement destructrices. Lorsqu'il entre dans la cave de la maison léguée par un vieil oncle entomologiste, Jonathan Wells est loin de se douter qu'il va à leur rencontre...

2. *Le Jour des fourmis*   n° 13724

Sommes-nous des dieux ? Sommes-nous des monstres ? Pour le savoir, une fourmi va partir à la découverte de notre monde et connaître mille aventures dans notre civilisation de géants. Parallèlement, un groupe de scientifiques humains va, au fil d'un thriller hallucinant, comprendre la richesse et la magie de la civilisation des fourmis, si proche et pourtant si peu connue.

3. *La Révolution des fourmis*   n° 14445

Que peuvent nous envier les fourmis ? L'humour, l'amour, l'art. Que peuvent leur envier les hommes ? L'harmonie avec la nature, l'absence de peur, la communication absolue. Après des millénaires d'ignorance, les deux civilisations les plus évoluées de la planète vont-elles enfin pouvoir se rencontrer et se comprendre ? *Les Fourmis* était le livre du contact, *Le Jour des fourmis* le livre de la confrontation : *La Révolution des fourmis* est le livre de la compréhension.

Le Livre du voyage   n° 15018

« Ah, enfin tu me prends dans tes mains ! Ah, enfin tu lis ma quatrième de couverture ! Tu ne peux pas savoir comme j'attendais cet instant. J'avais si peur que tu passes sans me voir. J'avais si peur que tu rates cette expérience que nous ne pouvons vivre qu'ensemble. Toi lecteur, humain, vivant. Et moi le livre, objet, inerte, mais qui peux te faire décoller pour le grand, le plus simple, le plus extraordinaire des voyages. »

Le Livre secret des fourmis   n° 15576

Découvrez, enfin reconstituée dans son intégralité originelle, l'encyclopédie qui révèle le secret de la pierre philosophale et celui du pain, les projets des tyrans les plus vils et les plus belles utopies, le sens caché des fugues de Bach et la naissance de l'esclavage chez les rats. Illustré par Guillaume Aretos, peintre et graphiste aux techniques héritées de la Renaissance, *Le Livre secret des fourmis* est un véritable grimoire moderne.

Le Miroir de Cassandre   n° 32240

Et vous, que feriez-vous si vous pouviez voir le futur et que personne ne vous croie ? Un hommage aux visionnaires, une initiation chamanique. Au lecteur de se laisser ensorceler.

Nos amis les humains   n° 30351

Les humains sont-ils intelligents ? Sont-ils dangereux ? Sont-ils comestibles ? Peut-on en faire l'élevage ? Telles sont les questions que peuvent se poser les extraterrestres à notre égard. Pour en avoir le cœur net, ils kidnappent deux Terriens, un mâle et une femelle. Ils les installent, pour les étudier tranquillement, dans une cage à humains. Une « humainière ». Ils espèrent ainsi assister à une reproduction en captivité…

1. *Nous, les dieux* n° 30582

Sur l'île d'Aeden se trouve une étrange institution, l'école des Dieux. Ses professeurs sont chargés d'enseigner l'art de gérer les humains pour leur donner l'envie de survivre, de bâtir des cités, de faire la guerre, d'inventer des religions ou d'élever le niveau de leur conscience. La nouvelle promotion d'élèves dieux a beaucoup à apprendre... et beaucoup à craindre : l'un des leurs essaie de tuer ses congénères, et tous se demandent quelle est cette lumière là-haut sur la montagne qui semble les surveiller...

2. *Le Souffle des dieux* n° 30812

Et vous, à la place de Dieu, comment referiez-vous l'Histoire ?

3. *Le Mystère des dieux* n° 31314

Après avoir rencontré Zeus au sommet de la montagne d'Aeden, Michael Pinson retrouve sa classe d'élèves dieux pour la partie finale. Ayant échoué à cet examen, il commet l'irréparable : tuer un autre élève dieu. Condamné, il va connaître les affres d'une vie mortelle avec les perspectives qu'offre le savoir divin.

Nouvelle encyclopédie du savoir relatif et absolu n° 32324

Comment créer un Univers ? Réussir une mayonnaise ? Comment rêvent les Dauphins ? D'où viennent les Légendes ? Les signes du Zodiaque ? Quel lien entre Spiritualité et Astrophysique ? Tarots et Alchimie ? Que représente réellement la forme des Chiffres que nous utilisons ? Que sont le

Paradoxe de la Reine Rouge ? la civilisation d'Harappa ? les Mystères d'Éleusis ? Qui étaient réellement Archimède, Néron, Conan Doyle, Pythagore, la Papesse Jeanne ?... Pour les fans de Bernard Werber et du professeur Edmond Wells, une version très enrichie de son *Encyclopédie* qui répond à toutes les questions étranges que vous ne vous êtes peut-être jamais posées !

Le Papillon des Étoiles n° 31025

Le plus beau des rêves : bâtir ailleurs une nouvelle humanité qui ne fasse plus les mêmes erreurs. Le plus beau des projets : construire un vaisseau spatial capable de faire voyager cette humanité pendant plus de 1 000 ans dans les étoiles. La plus folle des ambitions : réunir des pionniers idéalistes qui arrivent enfin à vivre ensemble en harmonie. Et au final la plus grande des surprises...

Paradis sur mesure n° 31845

Futurs possibles, passés probables... Imaginez un monde uniquement peuplé de femmes, où les hommes ne sont plus qu'une légende... Imaginez un monde où il est interdit de se souvenir du passé, où les gens n'ont qu'un seul intérêt : le cinéma... Imaginez un humoriste qui partirait à la recherche du lieu où naissent les blagues anonymes... Dix sept histoires sous forme de contes, légendes ou fables. Dix sept histoires fantastiques pour frémir, rêver ou sourire.

Le Père de nos pères n° 14847

Après l'infiniment petit (la trilogie des *Fourmis*), après le mystère de la mort (*Les Thanatonautes*), Bernard Werber s'intéresse à une nouvelle frontière de notre savoir : les origines de l'humanité. Lucrèce Nemrod, reporter aussi tenace qu'espiègle, accompagnée de son complice Isidore Katzenberg, ancien journaliste scientifique désabusé, se lance sur la piste du « chaînon manquant ». De Paris à la Tanzanie commence une course poursuite haletante où l'on rencontre un club de savants passionnés, une charcuterie industrielle, une star du X et quelques primates qui se posent de drôles de questions.

Le Rire du Cyclope   n° 32595

Un coffret renferme l'arme absolue. La plus inattendue, la plus imparable. Le célèbre comique, le Cyclope, est mort d'avoir voulu le posséder. On ne l'ouvre qu'à ses risques et périls…

Les Thanatonautes   n° 13922

L'homme a tout exploré, sauf le continent des morts. Michael Pinson et son ami Raoul Razorbak, deux jeunes chercheurs sans complexes, veulent relever ce défi et, utilisant les techniques de médecine mais aussi d'astronautique les plus modernes, partent à la découverte du paradis. Leur dénomination ? Les thanatonautes. Leurs guides ? Le Livre des morts tibétain, le Livre des morts égyptien mais aussi les grandes mythologies et les textes sacrés de pratiquement toutes les religions. Peu à peu les thanatonautes dressent la carte géographique de ce monde inconnu.

TROISIÈME HUMANITÉ

1. *Troisième humanité*   n° 33355

Nous sommes à l'ère de la deuxième humanité. Il y en a eu une avant. Il y en aura une… après.